I0735693

ଅର୍ଘ୍ୟ

ଝିନୁ ଛୋଟରାୟ

ବିଦ୍ୟା ପବ୍ଲିଶିଙ୍

ଟରୋଣ୍ଟୋ, କାନାଡା ॥ ଭୁବନେଶ୍ୱର, ଓଡ଼ିଶା

ଅର୍ଘ୍ୟ
(କବିତାଗୁଚ୍ଛ)

ଲେଖିକା	: ଝିନୁ (ବୈଜୟନ୍ତୀ) ଛୋଟରାୟ
ପ୍ରକାଶକ	: ଡ. ତନ୍ମୟ ପଣ୍ଡା, ଡ. ସୁନନ୍ଦା ମିଶ୍ର ପଣ୍ଡା
	ବିଦ୍ୟା ପବ୍ଲିଶିଙ୍ଗ୍ ଇଙ୍କ, ଟରୋଣ୍ଟୋ, କାନାଡ଼ା
ପ୍ରଥମ ସଂସ୍କରଣ	: ଜୁନ୍, ୨୦୨୩

....

ARGHYA

(A Collection of Poems by Jhinu Chhotray)

ISBN : 978-1-990494-67-3

Copyright © 2023 by Jhinu Chhotray

First Edition	: June, 2023
Published by	: Dr. Tanmay Panda & Dr. Sunanda Mishra Panda
	Vidya Publishing Inc.,
	Toronto, Canada || Bhubaneswar, Odisha
Website	: www.vidyapublishing.com
Email	: vidyapublishinginc@gmail.com
Cell	: +1 6478389884
Odisha Contact	: Nirmalya Garden, Plot 516/1719, House 10,
	KIIT Post Office, Patia, Bhubaneswar - 751024
Cell	: +91 7008666787
Cover Design	: Srushti Panda
	Printed in India

ଅର୍ଘ୍ୟ

ଝିନୁ ଚୋଟରାୟ

କବିତାର ମନ

        କବିର ମନକୁ କେହି ଛୁଇଁଦେଲେ କବିତାର ସୃଷ୍ଟି ହୁଏ କିନ୍ତୁ କବିତାର ମନକୁ ଛୁଇଁବା ସହଜ ନୁହେଁ। ବେଳେବେଳେ କବି ନିଜେ ମଧ୍ୟ ନିଜ କବିତାକୁ ଦୋ ଦୋ ଚିହ୍ନା ହୁଏ। କଳା ହେଉ, ସାହିତ୍ୟ ହେଉ, ସଂଗୀତ ହେଉ ସବୁର ମୂଳ ହେଉଛି ଆଧ୍ୟାମ୍ ଚିନ୍ତନ। କବିତା ପାର୍ଥିବରୁ ଅପାର୍ଥିବକୁ ନେଇଯାଏ କବିକୁ, ରସସ୍ନିଗ୍ଧ ପାଠକକୁ। କବିତା ଭାଷାବନ୍ଦ ହେଲେ ମଧ୍ୟ ଭାବମୁକ୍ତ। କବି ସବୁବେଳେ ଏକାନ୍ତ କିନ୍ତୁ ଅସହାୟ ନୁହେଁ। କବିତାର ମୌଳିକ ଦୁଇଟି ଗୁଣ ହେଉଛି ପ୍ରେମ ଓ ନିର୍ଭୟତା। କବିତା ହେଉଛି ନମ୍ର ଅହଂକାର। ଏ ମହାପ୍ରକୃତି ହେଉଛି ଈଶ୍ବରଙ୍କ କାବ୍ୟ। ଯିଏ କାବ୍ୟମୁଗ୍ଧ ସେ ଆମ୍ମାର ସଂଗୀତ ଗାଏ, ଯାହାର ନାମ-କବିତା। ଝିନୁ ଛୋଟରାୟଙ୍କ କବିତା ସଂକଳନ 'ଅର୍ଘ୍ୟ'ରେ ଅଛି ପଚାଶ ଗୋଟି କବିତା, ଯାହାକୁ ସେ ପାଞ୍ଚଗୋଟି ବିଭାଗରେ ସନ୍ନିବେଶିତ କରିଛନ୍ତି। ସେଗୁଡ଼ିକ ହେଲା- ଭାବକୁ ନିକଟ, ସଂପର୍କ ଡୋରି, ଭାବ ତରଙ୍ଗ, ଅନ୍ତର୍ଦୃଷ୍ଟି, ସମୟସ୍ରୋତ। ସମୁଦାୟ କବିତାର ଅନ୍ତସ୍ବର ହେଉଛି ଭକ୍ତି ଓ ପ୍ରେମ। ପ୍ରତ୍ୟେକଟି କବିତା ନିବେଦିତ ଈଶ୍ବରଙ୍କୁ, ସ୍ମୃତିକୁ, ସନ୍ତାନକୁ, ପିତାଙ୍କୁ ଏବଂ ଛାଡ଼ିଯାଇଥିବା ପ୍ରିୟ ଗାଁ ମାଟି ଓ ଦେଶକୁ। ସହଜ, ସାବଲୀଳ, ଭାବତରଙ୍ଗ ପ୍ରବାହିତ କବିତାର ମର୍ମେ ମର୍ମେ। କବି ବିଦେଶରେ ରହି ଦେଶକୁ ମନେପକାନ୍ତି।

        ଦେଶକୁ ଆସିଲେ ବଦଳି ଯାଇଥିବା ଦେଶ, ଗାଁ'ଗଣ୍ଡା, ଏୟାରପୋର୍ଟ ଏବଂ ପରିବର୍ତିତ ସମୟକୁ ଭେଟନ୍ତି। ଅନ୍ତରଙ୍ଗ ମଣିଷମାନେ ପ୍ରାୟ ଦିଶନ୍ତି ନାହିଁ। କବି ହୃଦୟରେ ବ୍ୟଥା ନେଇ କର୍ମକ୍ଷେତ୍ରକୁ ଫେରନ୍ତି ଏବଂ ପୁନର୍ବାର ଦେଶକୁ ଫେରିଆସି ଅତୀତକୁ ଖୋଜନ୍ତି।

        ବର୍ତ୍ତମାନକୁ ଛୁଇଁ ଛୁଇଁ ଭବିଷ୍ୟତକୁ ଅର୍ଘ୍ୟ ବାଢ଼ି ଦିଅନ୍ତି କବିତାରେ। କବିତାଗୁଡ଼ିକ ହୃଦୟକୁ ଛୁଏଁ। ପ୍ରାଚ୍ୟ ଓ ପାଶ୍ଚାତ୍ୟର ଦ୍ବନ୍ଦରେ କବିତା ଟଳମଳ

ହେଲେ ବି ସ୍ୱଚ୍ଛ ସଲିଳରେ ମୁହଁ ଦେଖିବା ପରି ପାଠକ ନିଜ ମୁହଁ ଦେଖିପାରେ। ନିଜକୁ ଦୁର୍ବୋଧ କରିବାକୁ ଚେଷ୍ଟା କରିନାହାନ୍ତି କବି। ସମସ୍ତ କବିତା ସୁଖପାଠ୍ୟ। ଉଲ୍ଲେଖନୀୟ କବିତା 'ଅନନ୍ୟ ପ୍ରେମ' ସନ୍ତାନକୁ ଉତ୍ସର୍ଗୀକୃତ ତେଣୁ ବାତ୍ସଲ୍ୟରେ ଛଳଛଳ। କବିତା 'ଦ୍ୱନ୍ଦ୍ୱ' 'ବିଶ୍ଳେଷଣ' 'ପ୍ରଶ୍ନବାଚୀ' 'ଚିଠି' (ବାପାଙ୍କୁ) ପାଠକଙ୍କୁ ଭାବପ୍ରବଣ କରେ। 'ପୂଜାଥାଳି' କବିତାରେ ଭକ୍ତିର ଉପମା ଚମତ୍କାର। କବିତା ଭିତରେ ଭାବମୟ କବିର ମନ ପଢ଼ୁଥାଏ ପାଠକ। କବିତାଗୁଡ଼ିକ ଦିବ୍ୟ ମୁହୂର୍ତ୍ତର ଫଳଶ୍ରୁତି।

'ଯୁଗକୁ ଯୁଗ ଏହି ମତେ' କବିତାରେ ଚାରି ପିଢ଼ିର ନାରୀ ଜୀବନ ଚିତ୍ରିତ। ବାସ୍ତବତାର ମାଟିରେ ଠିଆହୋଇ ଅନୁଭୂତିର ସୂକ୍ଷ୍ମ ସ୍ପର୍ଶ ଦେଇ କବିତାଗୁଡ଼ିକ ଅବତରି ଆସେ ସ୍ୱର୍ଗରୁ– ବିଭୁକୃପାରୁ। କବି ସବୁ ଯନ୍ତ୍ରଣାକୁ ପରମ ସନ୍ତୋଷରେ କବିତା ଚର୍ଚ୍ଚିତ କରିଛନ୍ତି ଏବଂ ସବୁଗୁଡ଼ିକ କବିତା ଅର୍ଘ୍ୟ ପାଲଟି ଯାଇଛି। ତେଣୁ ଝିନୁଙ୍କର ଏହି ପ୍ରଥମ କବିତା ଗ୍ରନ୍ଥର ନାମକରଣ ଯଥାର୍ଥ। ଧାର୍ମିକ ଭାବଧାରାରେ ଉଦ୍‌ବୁଦ୍ଧ କବି ପରମ୍ପରାଗତ ରକ୍ଷଣଶୀଳତା ଭିତରୁ ମୂଲ୍ୟବୋଧ ସାଉଣ୍ଟିଛନ୍ତି ଏବଂ ବାଡ଼ି ଦେଉଛନ୍ତି ଉତ୍ତରଦାୟାଦକୁ। କବିଙ୍କ ଏକାନ୍ତଭାବରେ ଗୋଟିଏ ଚେତନା ଦେଖିବାକୁ ମିଳେ, ସତେଯେପରି ମାଟିର ମହକଠାରୁ ମଣିଷ କ୍ରମେ କ୍ରମେ ଦୂରେଇ ଯାଉଛି।

ମାଟି ମା' ଯେତିକି ଆଦରରେ ଡାକୁଛି ମଣିଷ ସେତିକି ସେତିକି ବାଟ ଭାଙ୍ଗି ଯାଉଛି। କବି ଆମ୍ଭ ଆଧୁନିକତାର ମାୟାଛନ୍ଦ ଜନ୍ତାର ଯନ୍ତ୍ରଣାମୟ କୋଲାହଲରେ ଛନ୍ଦି ହୋଇ ଛଟପଟ ହେଉଛି। ଏହି ଛଟପଟଭାବ ହିଁ କବିତାର ପ୍ରାଣସ୍ପନ୍ଦନ। ସଂକଳନର ପ୍ରାୟ ସମସ୍ତ କବିତା ସୁଲିଖିତ। କବି ଝିନୁ ଛୋଟରାୟଙ୍କ ଓଡ଼ିଆ କବିତାରାଜ୍ୟରେ ଏହି ପ୍ରଥମ ପାହାଚ ବେଶ୍ ଆଶ୍ୱାସନାମୟ। ସବୁଠୁ ବଡ଼କଥା ହେଲା ଚାଳିଶ ବର୍ଷରୁ ଊର୍ଦ୍ଧ୍ୱ ବିଦେଶରେ ରହିଲେ ମଧ୍ୟ କବି ମାତୃଭାଷାକୁ ଭୁଲିନାହାନ୍ତି। ମୋ ଜାଣିବାରେ କବି ବହୁବର୍ଷ ଧରି କବିତା ଲେଖି ସାଉଁଟି ରଖନ୍ତି, କବିତାରେ ହିଁ ବଞ୍ଚନ୍ତି। ଏହି ସଂକଳନଟି କେବଳ ଈଶ୍ୱରଙ୍କୁ ନିବେଦିତ ନୁହେଁ, ମାତୃଭାଷାକୁ ମଧ୍ୟ।

କବିଙ୍କ ପାଇଁ ଅଜସ୍ର ସ୍ନେହ, ଶୁଭେଚ୍ଛା ଓ ଆଶୀର୍ବାଦ।

ପ୍ରତିଭା ରାୟ
ତା. ୨୪/୦୨/୨୦୨୩

ଅର୍ଘ୍ୟ : ଏକ ଦୃଷ୍ଟିପାତ

ଝିନୁ ଛୋଟରାୟଙ୍କ କବିତା ସଂକଳନ 'ଅର୍ଘ୍ୟ' ଆସ୍ଥା, ଭକ୍ତି, ଅନୁରାଗ, ଅନ୍ତର୍ଦୃଷ୍ଟି, ସମର୍ପଣ ତଥା ନିରାସକ୍ତ ଅନ୍ବେଷାର ମନନଶୀଳ କାବ୍ୟ ଚେତନାକୁ ବହନ କରେ। ସନ୍ନିବେଶିତ ପଚାଶଟି କବିତା କନ୍ୟା, ଭଗ୍ନୀ, ଜାୟା ଓ ଜନନୀର ସୋପାନ ଦେଇ ନାରୀ ହୃଦୟରେ ପ୍ରବାହିତ ସୂକ୍ଷ୍ମ ଅନୁଭବ ଓ କ୍ରମବର୍ଦ୍ଧିଷ୍ଣୁ ଅନ୍ତର୍ଦୃଷ୍ଟିର ବୋଧଗମ୍ୟ ହୃଦୟଗ୍ରାହୀ ଅବତାରଣା। ଲଳିତ ପଦବିନ୍ୟାସ ସହ ଆତ୍ମକଥାର ଏ ଗାଥାକବିତା, ପାଠକକୁ ସ୍ମୃତି ଓ ସ୍ମିତିର ଏକ ଭାବମୟ ଜଗତକୁ ଆମନ୍ତ୍ରଣ କରେ।

ଗ୍ରାମ୍ୟ ପରିବେଶରେ ବିତିଛି କବି ଛୋଟରାୟଙ୍କ ଶୈଶବ। ବୟସାନୁକ୍ରମେ ଯୌଥ ପରିବାରରୁ ଆହରଣ କରିଥିବା ସରଳ ଭାବାବେଗ ଓ କିଶୋରୀ ହୃଦୟର ଚପଳତା ଆଧୁନିକ ଜୀବନର କଠୋର ବାସ୍ତବତାର ମୁହାଁମୁହିଁ ହୁଏ। ବାପା-ବୋଉ, ଜେଜେ-ମା, ଅଣଆଇ, ଆଈ, ମାମୁଁ-ମାଈଁ, ମାଉସୀ-ପିଉସୀ ଓ ଦାଦା-ଖୁଡ଼ିଙ୍କ ଅକୁଣ୍ଠ ସ୍ନେହ ଓ ପ୍ରେମ, ତରୁଣୀ ଜୀବନକୁ ଯେଉଁ ସୁରକ୍ଷା ବଳୟ ମଧ୍ୟରେ ବେଢ଼ି ରଖିଥିଲା, ତାହା ବିବାହ କରି ସୁଦୂର ଆମେରିକା ଆସିବା ପରେ, ସ୍ବପ୍ନ କରି ଅପହଞ୍ଚ ମନେ ହୋଇଛି ! ପୃଥ୍ବୀର ପରିଧି ତାଲ-ତମାଲ ଘେରା ଗାଁ ଶିବପୁର ବା ମାମୁଘର ଶାସନୀପଡ଼ା ଓ ସମ୍ବଲପୁର ପରି ଛୋଟ ସହରର ସରହଦ୍ ଡେଇଁ କେତେ ବେଶୀ ଯେ ଭିନ୍ନ ଓ ବ୍ୟାପକ ହୋଇପାରେ, ସେ ପରିବାର ଓ ଜନ୍ମଭୂମି ଓଡ଼ିଶାକୁ ଛାଡ଼ି ଆସିବା ପରେ ଅନୁଭବ କରନ୍ତି। କିନ୍ତୁ ପ୍ରବାସରେ ଜନ୍ମ ମାଟିର ମହକ ତାଙ୍କ ସ୍ମୃତିକୁ ଆବୋରି ରଖେ; ସେ ସମ୍ପର୍କ ଡୋରୀ ଅନାହତ ରୁହେ କବିଙ୍କର ଓଡ଼ିଆ ଭାଷା ପ୍ରତି ପ୍ରଗାଢ଼ ଅନୁରାଗ ଆଶ୍ରାରେ। ସ୍ଥାନାନ୍ତରଣ ତାଙ୍କ ପରିଚୟ ବଦଳାଇ ଦେଇଛି ସତ, କିନ୍ତୁ ଆହରଣ କରିଥିବା ମୂଲ୍ୟବୋଧ, ତାଙ୍କୁ ମୌଲିକ ସତ୍ତାକୁ ଅକ୍ଷୁର୍ଣ୍ଣ ରଖିବାରେ ସହାୟକ ହୋଇପାରିଛି। ସଂସ୍କୃତି ଓ ପରମ୍ପରା ପ୍ରତି ପ୍ରଗାଢ଼ ଅନୁରକ୍ତି ଓ ସ୍ବାଧିକାନୁଭୂତି ଝିନୁଙ୍କ ରଚନାର ଦୁଇ ମୁଖ୍ୟ ଉପାଦାନ।

ବିବାହ ପରଠାରୁ ଦୀର୍ଘ ଚାରି ଦଶକରୁ ଊର୍ଦ୍ଧ୍ବ ସମୟ ଧରି ଆମେରିକାର ସ୍ଥାୟୀ ବାସିନ୍ଦା ଝିନୁ, ଲେଖନୀ ମାଧ୍ୟମରେ କେବଳ ଯେ ମାତୃଭାଷା ଓଡ଼ିଆ ପ୍ରତି

ନିଜର ନିଷ୍ଠା ବଜାୟ ରଖିଛନ୍ତି ତାହା ନୁହେଁ, ବରଂ ଓଡ଼ିଆ ସଂସ୍କୃତି, ପରମ୍ପରା ଓ ମୂଲ୍ୟବୋଧ ପ୍ରତି ସମ୍ଭ୍ରମ ଅନୁରକ୍ତି ତାଙ୍କୁ ପ୍ରବାସୀ ଓଡ଼ିଆ କବିମାନଙ୍କ ମଧ୍ୟରେ ଏକ ସ୍ୱତନ୍ତ୍ର ସ୍ଥାନ ଦିଏ। ପୂର୍ବ ଓ ପାଶ୍ଚାତ୍ୟ ମଧ୍ୟରେ ଦ୍ୱନ୍ଦ୍ୱ ସମକାଲୀନ ସାହିତ୍ୟର ସ୍ଥାୟୀ ଭାବ। ଝିନୁ କିନ୍ତୁ ତା'ର ଏକ ବ୍ୟତିକ୍ରମ! ଜଡ଼ବାଦୀ, ଚାକଚକ୍ୟପୂର୍ଣ୍ଣ ଭୋଗ ସର୍ବସ୍ୱ ଚିନ୍ତାଧାରା ତାଙ୍କୁ ପ୍ରଲୋଭିତ କରିପାରିନାହିଁ! ଜୀବନର ଭଙ୍ଗୁରତା ଓ ଚିରନ୍ତନ ବିଭୂସଭାର ଅବବୋଧ ତାଙ୍କ ଚେତନାକୁ ଜାଗ୍ରତ ରଖିପାରିଛି! ତେଣୁ ସ୍ୱକୀୟ ପରିଚୟ ନେଇ ପ୍ରବାସୀର ଅନ୍ୱେଷା ଓ ଦ୍ୱିବିଧାରୁ ତାଙ୍କ କାବ୍ୟ ଚେତନା ଅନେକଟା ମୁକ୍ତ; କବିତା ଗୁଡ଼ିକରେ ଆତ୍ମ ନିରୀକ୍ଷଣ ସହ ଆଧ୍ୟାତ୍ମିକ ଚେତନାର ଏକ ଅଭୁତ ମହକ ପାଠକୁ ଆମୋଦିତ କରେ! ସେ କୁହନ୍ତି, "ଅଦୃଶ ହୁଅନ୍ତା ବସ୍ତୁବାଦୀ ଦୁନିଆ" / "ତୁମରି ନିକଟେ ଯିବାର ଆଗରୁ ନାମ ପ୍ରେମେ ହୁଏ ଲୀନ"।

ଈଶ୍ୱର ଓ ଗୁରୁ ତାଙ୍କର ଆରାଧ୍ୟ; ପିତାମାତା ଚଳନ୍ତି ଠାକୁର! "ତମଠାରୁ ସୃଷ୍ଟି ତୁମ ରକ୍ତେ ଗଢ଼ା..." କହି ସେ ମାତାପିତାଙ୍କୁ ବିନମ୍ର ଶ୍ରଦ୍ଧାଞ୍ଜଳି ଦିଅନ୍ତି। ସେହିପରି ତାଙ୍କ ପାରମ୍ପରିକ ବିବାହ ଦାମ୍ପତ୍ୟ ଜୀବନରେ ରକ୍ଷଣଶୀଳ ବନ୍ଧନକୁ ମହତ୍ତ୍ୱ ଦିଏ! ସେ କୁହନ୍ତି, "ଲୋଡ଼ା ନାହିଁ ସ୍ୱାମୀ ମୋର ଦୀର୍ଘ ଅଟ୍ଟାଳିକା / ଲୋଡ଼େ ନାହିଁ ସରଗର ଚାନ୍ଦ..."।

ତାଙ୍କ ଦୃଷ୍ଟିରେ, ନାରୀ ଭାବ ପ୍ରବଣ ଓ ପୁରୁଷ ବାସ୍ତବବାଦୀ; ତେଣୁ ଯୁଗ୍ମଜୀବନ କେବଳ ଭାବ-ସର୍ବସ୍ୱ ପ୍ରେମ ଓ କଳ୍ପନା ବିଳାସରେ ଗଢ଼ା କୁଞ୍ଜ ନୁହେଁ, ବରଂ ଅନେକଟା ବୁଝାମଣା ଓ ସହନଶୀଳତା ଉପରେ ଆଧାରିତ ସେତୁଟିଏ।

କବିତାରେ ମାତୃତ୍ୱ ଓ ବାତ୍ସଲ୍ୟ ଅନ୍ୟ ଦୁଇ ନିବିଡ଼ ସ୍ୱର! ଉଚ୍ଚଶିକ୍ଷା ଅଭିମୁଖୀ କିଶୋରୀ କନ୍ୟାକୁ ଆଶୀର୍ବାଦ ଦେବା ଛଳରେ ପରପିଢ଼ିକୁ ତାଙ୍କର ବାର୍ତ୍ତା ସ୍ପଷ୍ଟ, "ନୈତିକତା, ଈଶ୍ୱର ବିଶ୍ୱାସ, ମନୋବଳ, ଦୃଢ଼ତା, ସାହସ ଛାଡ଼ିବୁନି କେବେ ହେଲେ ମନୁ।"

ସନ୍ନିବେଶିତ ସମସ୍ତ କବିତାରେ ପାଶ୍ଚାତ୍ୟ ସଭ୍ୟତା ନେଇ କୌତୁହଳ ଓ ଅନୁସନ୍ଧିଛା ଅବଶ୍ୟ ରହିଛି; କିନ୍ତୁ ତାହା ତାଙ୍କ କାବ୍ୟ ଚେତନାର ମୁଖ୍ୟ ସ୍ୱର ନୁହେଁ! ପରବର୍ତ୍ତୀ ସଙ୍କଳନରେ ଆମେରିକୀୟ ଜୀବନାନୁଭୂତି ନେଇ ଲେଖିଥିବା କବିତାମାନ ସ୍ଥାନିତ ହେବ ବୋଲି ସେ କୁହନ୍ତି! କବି ଜଣେ ନିର୍ଲିପ୍ତ ନିରପେକ୍ଷ

ଦ୍ରଷ୍ଟା; ବିଭୂତିଚେତନା ଓ ସଂସ୍କାରର ଦୃଢ଼ ଭିତ୍ତିଭୂମି ଉପରେ ଆଧାରିତ କବିତା ଗୁଡ଼ିକରେ ସ୍ମୃତିଚାରଣ ଏକ ବିଶିଷ୍ଟ ଉପାଦାନ । ପାଠକର ମାନସପଟରେ କେବଳ ଯେ ସରଗସମ ଆଇକୋଲ, ଉସ୍ବ ମୁଖରିତ ମାମୁଁଘର ବା ଗାଁ ଦାଣ୍ଡ ଓ ସନ୍ତାନ ବା ସ୍ୱାମୀଙ୍କୁ ହରାଇଥିବା ଭଉଣୀମାନଙ୍କ ଅନ୍ତର୍ଦାହି କୋହ ଚିତ୍ରବତ ଦୃଶ୍ୟମାନ ହୁଏ ତାହା ନୁହେଁ, ବରଂ କବିତାଗୁଡ଼ିକରେ ବିତିଯାଇଥିବା ଗୋଟିଏ ଯୁଗ ଓ ଲିଭି ଆସୁଥିବା ଅନେକ ପରମ୍ପରାର ସୂଚନା ସ୍ୱତଃ ଅନୁଭୂତ ହୁଏ । କ୍ଷୋଭ ଆସେ ଯେ ଆଧୁନିକତା ନାମରେ ବର୍ତ୍ତମାନ ଜୀବନରୁ କ୍ରମଶଃ ଶୀତଳ ହୋଇଯାଉଛି ସ୍ନେହର ଉଷ୍ଣତା, ହଜିଯାଉଛି ସରଳତା ଓ ସହଜ ବିଶ୍ୱାସ । ସେ କୁହନ୍ତି,

“ଯନ୍ତ୍ରବତ ଆଜିକା ଜୀବନ କ୍ଲାନ୍ତ ରେଖା ମୁହଁରେ ଦିଶଇ,
ପାଇ ପୁଣି ନ ପାଇବାବୋଧ ଦିବାନିଶି ସଭିଙ୍କୁ ଟାଣଇ !”

‘ଅର୍ଘ୍ୟ’ ନାରୀ ହୃଦୟର ଅକୁଣ୍ଠ କୃତାର୍ଥ ଶ୍ରଦ୍ଧାଞ୍ଜଲି; ଆନନ୍ଦ ଓ ଅଶ୍ରୁର ଢେଉରେ ବାହମାନ ଜୀବନଧାରାର ଏକ ବିବିଧ ବର୍ଣ୍ଣର ବର୍ଣ୍ଣାଳୀ ଗଢ଼ନ୍ତି ଏ କବିତା ସମୂହ । ପଥଶ୍ରାନ୍ତ ବାଟୋଇ ପରି ପରିଶେଷରେ ଝିନୁ ଛୋଟରାୟ ଅତିକ୍ରାନ୍ତ ଚଳାପଥର ସ୍ମୃତିକୁ ସ୍ମିତହାସ୍ୟ ସହ ଦୋହରାଉଛନ୍ତି । ସହସ୍ର କୋଶ ଦୂର, ଓଡ଼ିଶାର ଯେଉଁ ଅଖ୍ୟାତ ପଲ୍ଲୀ ଠାରୁ ତାଙ୍କ ଜୀବନ ଯାତ୍ରାର ଅଧ୍ୱମାରମ୍ଭ, କବି ପୁନର୍ବାର ସେ ସ୍ଥାନକୁ ଫେରିଯିବାର କାମନା କରନ୍ତି ! ସ୍ୱର୍ଗାଦପି ଗରିୟସୀ ଜନ୍ମଭୂମି ଓଡ଼ିଶାକୁ ନମନ କରି ସେ କୁହନ୍ତି,

“ଇଚ୍ଛା ହୁଏ ଆଜି ମୋର ଫେରିଯିବ ନିଜ ଘର
ମାତୃଭୂମି ଠାରୁ ବଡ଼ ସଂସାରେ କେ ନାହିଁ ।”

‘ଅର୍ଘ୍ୟ’ ନିଃଶବ୍ଦ ସମୟ ତରଙ୍ଗରେ ଜୀବନର ହୁଲି ଡଙ୍ଗାବାହି ନିର୍ଲିପ୍ତ ଯାତ୍ରାରେ ନିମଗ୍ନା ପ୍ରବାସୀ କବି ଝିନୁ ଛୋଟରାୟଙ୍କର ମନଛୁଆଁ ସରଳ ଆତ୍ମଗୀତି । ପାଠକ ମହଲରେ କବିତା ସଙ୍କଳନଟି ସମାଦୃତ ହେଉ – ଏତିକି କାମନା !

ଡଃ କନକ ହୋତା

ଚିକାଗୋ, ଯୁକ୍ତରାଷ୍ଟ ଆମେରିକା

ପୂର୍ବାଭାସ

"କବି ମୁଁ ହୋଇବି କବିତା ଲେଖିବି ମନେ ମନେ କଲି ସ୍ଥିର
କ'ଣ ଲେଖିବି, କିପରି ଲେଖିବି ହେଇଗଲି ହରବର...।"

ଏଇ କବିତାଟି ହିଁ ସେଦିନ ମୋ ମନ ମୃତ୍ତିକାରେ ଏକ ବୀଜଟିଏ ରୋପଣ କରି ଚାଲିଯାଇଥିଲା। କବିତାଟିର ଲେଖକ କିଏ, କେବେ ଆଉ କେଉଁ ପତ୍ରିକାରେ ପ୍ରକାଶିତ ପାଇଥିଲା ତାହା ମୋ ମନ ଫରୁଆରୁ ହଜିଗଲାଣି ସତ, କିନ୍ତୁ ହଜିନି ଏଇ ପ୍ରଥମ ପଦଟି। ଏବେ ବି ସେ କବିଙ୍କ ପ୍ରତି ମୋ ହୃଦୟରୁ କୃତଜ୍ଞତା ଝରିପଡ଼େ। ଇଏ ଥିଲା ମୋ ହାଇସ୍କୁଲ ସମୟର କଥା। ଏତେ ସୁନ୍ଦର ଆଉ ସରଳ ଭାବେ କବିତାଟି ଲେଖା ହେଇଥିଲା ଯେ ମନକୁ ମୋର ବେଶ୍ ଛୁଇଁ ଯାଇଥିଲା। ମନକୁ ଆସିଥିଲା, 'ଆରେ ମୁଁ ବି ଚାହିଁଲେ ଏମିତି ତ ଲେଖି ପାରିବି'। ସେଇଦିନ ଠାରୁ କବି ବା ଲେଖିକା ହେବାର ସ୍ୱପ୍ନ ମନ ରାଇଜରେ ଏକ ଆସ୍ଥାନ ଜମେଇ ବସିଲା। ସେତେବେଲେ ଶ୍ରୀ କାହ୍ନୁ ଚରଣ ଓ ଶ୍ରୀ ବିଭୂତି ପଟ୍ଟନାୟକଙ୍କ ଉପନ୍ୟାସ ମତେ ବେଶ୍ ଅନୁପ୍ରାଣିତ କରୁଥିଲା। ଅନୁକୂଳ ବାତାବରଣରେ ଧୀରେ ଧୀରେ ସେଇ ସୁପ୍ତ ବପିତ ବୀଜଟି ମୋ ମନ କ୍ଷେତରେ ଅଙ୍କୁରିତ ହେବାକୁ ଲାଗିଲା।

ମୋର ପ୍ରଥମ କ୍ଷୁଦ୍ର ଗଳ୍ପ 'ମୁଠାଏ ପାଉଁଶ' ତା'ପରେ 'ପୁନଶ୍ଚ ବସନ୍ତ' ଏବଂ 'ବେସୁରା ରାଗିଣୀ' ପ୍ରଜାତନ୍ତ୍ରର ସାହିତ୍ୟ ବିଭାଗରେ ସତୁରି ଦଶକର ଶେଷ ଆଡ଼କୁ ପ୍ରକାଶ ପାଇଥିଲା।

'ପୁନଶ୍ଚ ବସନ୍ତ' ୧୯୯୪ରେ ଏବଂ 'ବେସୁରା ରାଗିଣୀ' ୧୯୯୬ରେ ଓସା ପତ୍ରିକାରେ ପୁନଃପ୍ରକାଶିତ ହେଇଥିଲା।

ଏଇ ମାତ୍ର ତିନୋଟି କ୍ଷୁଦ୍ର ଗଳ୍ପ ପରେ ଲିଖନୀଟି ମୋର ସ୍ୱତଃପ୍ରବୃତ୍ତ ଅନ୍ୟ ଦିଗରେ ଢଳିଗଲା। ମନ ପସରାରୁ ସାଉଁଟା ନିଜ ଭାବ, ଅନୁଭୂତି ଆଉ ସ୍ମୃତି ସବୁ କବିତା ରୂପରେ ଝରିବାକୁ ଲାଗିଲେ।

୧ ୯ ୯ ୨ ଠାରୁ ପ୍ରତିବର୍ଷ ମୋ କବିତା ଅବିଚ୍ଛିନ୍ନ ଭାବେ ଓସା ପତ୍ରିକାରେ ସ୍ଥାନ ଅଳଙ୍କୃତ କରିଆସୁଅଛି ଏବଂ ପାଠକ / ପାଠିକାଙ୍କ ପାଖରେ ଖୁବ୍ ଆଦୃତ ହେଇପାରିଛି ।

ମୋ ପ୍ରିୟ ଶୁଭେଚ୍ଛୁ ପାଠକ / ପାଠିକା ମାନେ ଅନେକ ସମୟରେ ଅନୁରୋଧ କରି କୁହନ୍ତି, 'ଝିନୁ (ଦେଇ, ଅପା), ତମ ଲେଖା ସବୁ ପ୍ରତିବର୍ଷ ଏଠିକା ଓସା ପତ୍ରିକାରେ ସୀମିତ ରହି ଧୀରେ ଧୀରେ ହଜି ଯାଉଛି । ତମ କବିତା ସଙ୍କଳନର ବହିଟିଏ ବାହାର କଲେ ହୁଅନ୍ତାନି ?' ଯଦିବା ବହିଟିଏ ବାହାର କରିବାର ମନ ଭିତରେ ମୋର ଏକ ଅଦମ୍ୟ ପୀପାସା ଅନେକ ଦିନୁ ଛପି ରହିଛି ତଥାପି ମୋର ଉଭୟ ଥାଏ, 'ଉପନ୍ୟାସ ବା ଭ୍ରମଣ କାହାଣୀ ହେଇଥିଲେ ସିନା କିଏ ଅବା ପଢ଼ନ୍ତେ, ମୋର ଏ କବିତା ଗୁଡ଼ିକୁ ସମୟ ଦେଇ କିଏ ବା କାହିଁକି ପଢ଼ିବେ ?' ପ୍ରତ୍ୟୁଭର ପାଏ, 'ଯିଏ ପଢ଼ିବା କଥା ସେ ନିଶ୍ଚୟ ପଢ଼ିବେ । ତମ ଲେଖା ସବୁ ଉଭର ଆମେରିକାରେ ଖୁବ୍ ଆଦୃତ । ଆମ ଓଡ଼ିଶାରେ ବି ଓଡ଼ିଆ ପାଠକ / ପାଠିକାମାନେ ତମ କବିତା ସହ ପରିଚିତ ହେବା କଥା ।'

ତା'ପରେ ମୋ ମନକୁ ଆସିଲା, ସତେ ତ ! ! ! ଅଳ୍ପ ସଂଖ୍ୟକ ହେଲେ ବି ସେଇ ଶ୍ରଦ୍ଧାଳୁ ପାଠକ / ପାଠିକାଗଣ ମୋ ଲେଖା ପଢ଼ି ଯଦି ଆନନ୍ଦ ଅନୁଭବ କରନ୍ତି, ତାହା ମୋ ପାଇଁ ଏକ ସୌଭାଗ୍ୟର ବିଷୟ ନୁହେଁ କି ! ! ତା'ଛଡ଼ା ଆମ ବାପା, ବୋଉଙ୍କ ଅମଳର ହାତ ଗଣତି କେତେଜଣ ଅଛନ୍ତି ବା ଅଳ୍ପ କେତେ ଉତ୍ସାହି ସାହିତ୍ୟ ପ୍ରେମୀ ଅଛନ୍ତି, ଯିଏକି ଏ ପ୍ରବାସିନୀର ଲିଖନୀରୁ ଝରି ପଡ଼ିଥିବା ଅନୁଭୂତି, ଭାବ ଆଉ ଶୈଳୀକୁ ଆଲିଙ୍ଗନ କରି ଲେଖାକୁ ମୋର କୃତାର୍ଥ କରିପାରିବେ । ଓଡ଼ିଆ ଭାଷାଟି ତ ଧୀରେ ଧୀରେ ଲୁପ୍ତ ହେବାକୁ ବସିଲାଣି । ଆଉ କେତେ ଦିନ ପରେ କେହି ନଥିବେ ମୋ ଲେଖା ପଢ଼ିବା ପାଇଁ । ଭାବିଲି ଏଥରେ ଆଉ ବିଲମ୍ବ ନକରି ନିଜକୁ ଏ ଦିଗରେ ପ୍ରସ୍ତୁତି କରିନେବି ।

ତା'ପରେ ଲିଖନୀ ମୋର ଚଳଚଞ୍ଚଳ ହେଇ ଉଠିଲା । ନୂଆ ନୂଆ ଭାବ ଓ ଅନୁଭୂତି ସବୁକୁ ମୋ ମନ ପସରାରୁ ସାଉଁଟି ନୂଆ ନୂଆ କବିତାରେ ରୂପ ଦେବାରେ ଲାଗି ପଡ଼ିଲି । ପୂର୍ବର ଲେଖା ସବୁ ଏକତ୍ରୀକରଣ କରି ବହିଟିଏ ଛାପିବାର ଅଦମ୍ୟ ପିପାସା ଦୃଢ଼ୀଭୂତ ହେବାକୁ ଲାଗିଲା । ପରିଶେଷରେ ସ୍ୱପ୍ନକୁ ସାର୍ଥ କରି ଜନ୍ମ ନେଲା ଏଇ ମୋ ପ୍ରଥମ ପୁସ୍ତକ 'ଅର୍ଘ୍ୟ' ।

ମୋ ବିଗତ ଜୀବନର ଛୋଟ ଛୋଟ ଘଟଣା ଗୁଡ଼ିକୁ ନେଇ ଏଇ କବିତା ସଂକଳନ। ଜୀବନର ଚଳାପଥରେ ଯେତେବେଳେ ଯେଉଁ ଭାବ ଆସିଛି ତାକୁ ସାଉଁଟି, ବିଣ୍ଡ଼ ଦେଇଛି ଏ 'ଅର୍ଘ୍ୟ' ପୁସ୍ତର ସ୍ତବକରେ। ଆଜି 'ଅର୍ଘ୍ୟ'ର ମୁଦିଲା ସ୍ତବକ ଗୁଡ଼ିକ ସମ୍ପୂର୍ଣ୍ଣ ଭାବେ ପ୍ରସ୍ତୁଟିତ। ଆଶା, ତାହାର ସୁବାସିତ ମହକ ଚତୁର୍ଦ୍ଦିଗରେ ଖେଳିଯାଇ ଅଧିକରୁ ଅଧିକ ଉସ୍ସାହୀ ପାଠକ / ପାଠିକାଙ୍କୁ ଆକର୍ଷଣ କରିଆଣିବ।

ଝିନୁ ଛୋଟରାୟ

କୃତଜ୍ଞତା

ସର୍ବପ୍ରଥମେ ମୋ ହୃଦୟ ସିଂହାସନସ୍ଥିତ ସେଇ ଦିବ୍ୟସତ୍ତା ପରଂବ୍ରହ୍ମଙ୍କୁ ମୁଁ ନତମସ୍ତକ। ସେ ହିଁ କାରଣ, ଅନୁଭୂତି, ଭାବନା, ପ୍ରେରଣା, ଚେଷ୍ଟା ଆଉ ଲିଖନୀରୁ ଝରି ପଡ଼ିଥିବା କବିତା। ଏ କବି ଏକ ମାଧ୍ୟମ ମାତ୍ର।

ମୋର ନମସ୍ୟା ଓ ଆଦର୍ଶ ଡକ୍ଟର ପ୍ରତିଭା ରାୟଙ୍କୁ ଶତ ନମସ୍କାର। ତାଙ୍କର ଅତି ମୂଲ୍ୟବାନ ସମୟରୁ କିଛିଟା ସାଉଁଟି ଏକ ପ୍ରବାସିନୀର ଭାବନା ଓ ଲେଖାକୁ ସ୍ୱାଗତ କରି ଅଭିମତଟି ଲେଖିଛନ୍ତି, ତାହା ମୋ ପାଇଁ କମ୍ ସୌଭାଗ୍ୟର ବିଷୟ ନୁହେଁ!! ଆମର କଥୋପକଥନ ସମୟରେ ଥରେ ମୋ ଲେଖାର ଶିଥିଳତାକୁ ଶୁଣି କହିଥିଲେ, 'ଠାକୁର ଯେଉଁ ଗୁଣଟି ଦେଇଛନ୍ତି ତାକୁ ସଦୁପଯୋଗ ନ କରିବା ହିଁ ପାପ।' ତାଙ୍କର ସେଇ ଉପଦେଶ ଅନେକ ସମୟରେ ମୋର ସୁପ୍ତ ଲିଖନୀକୁ ଚେତାଇ ଚଞ୍ଚଳ କରିଦେଇଛି।

ଡକ୍ଟର କନକ ହୋତାଙ୍କ ସୁନ୍ଦର ଅଭିମତ ପାଇଁ ସାଧୁବାଦ। ଏ ଦିଗରେ ତାଙ୍କର ପ୍ରେରଣା, ଉତ୍ସାହ ଆଉ ସହାୟତା ଉଲ୍ଲେଖନୀୟ।

ନିଜର ଅତି ମୂଲ୍ୟବାନ ସମୟ ଦେଇ କବିତା ଗୁଡ଼ିକୁ ସମୀକ୍ଷା ଓ ଆବଶ୍ୟକ ସଂଶୋଧନ କରି ବହିଟିକୁ ନିର୍ଭୁଲ ଭାବେ ତୋଳିବାର ପ୍ରୟାସ କରିଥିବାରୁ ଶ୍ରୀଯୁକ୍ତ କ୍ଷୀରୋଦ ପରିଡ଼ା ଏବଂ ଶ୍ରୀଯୁକ୍ତ ଚିନ୍ତନ ବ୍ରହ୍ମଙ୍କୁ ଅଶେଷ ଧନ୍ୟବାଦ।

ଚିତ୍ରଶିଳ୍ପୀ ଟିନା ମିଶ୍ର ଶତପଥୀଙ୍କ ଯାଦୁକରୀ ସ୍ପର୍ଶ ବହିଟିକୁ ଆହୁରି ମନୋରମ କରି ତୋଳିଛି। ତାଙ୍କର ସମୟ ଓ ସହଯୋଗ ପାଇଁ ତାଙ୍କୁ ଧନ୍ୟବାଦ।

ବହିଟିର ପ୍ରକାଶନ ଦାୟିତ୍ୱ ବହନ କରି ପାଠକ / ପାଠିକାଙ୍କ ପାଖରେ ପହଞ୍ଚାଇ ଥିବାରୁ ଡ. ସୁନନ୍ଦା ମିଶ୍ର ପଣ୍ଡା, ଡ. ତନ୍ମୟ ପଣ୍ଡା ଏବଂ ବିଦ୍ୟା ପବ୍ଲିଶିଙ୍ଗର ସମସ୍ତ କର୍ମକର୍ତ୍ତାଙ୍କ ପାଖରେ ମୁଁ ଆଜୀବନ କୃତଜ୍ଞ। ଏ ବହି ସମ୍ପର୍କରେ ମୁଁ ଯେତେବେଳେ ଯେଉଁ ପ୍ରକାର ପରାମର୍ଶ ଲୋଡ଼ିଛି ଡ. ସୁନନ୍ଦା ମିଶ୍ର ପଣ୍ଡାଙ୍କ ଠାରୁ ତା'ର ସନ୍ତୋଷଜନକ ଉତ୍ତର ପାଇଛି। ସେଥିପାଇଁ ତାଙ୍କୁ ମୋର ଅଶେଷ ଧନ୍ୟବାଦ।

ପ୍ରିୟ ପାଠକ / ପାଠିକାଙ୍କୁ ମୋର ଅନ୍ତରର ଅନ୍ତରତମ ପ୍ରଦେଶରୁ କୃତଜ୍ଞତା ଜଣାଉଛି । ସେମାନେ ହେଉଛନ୍ତି ଯେ କୌଣସି ଲେଖାର ମେରୁଦଣ୍ଡ । ତାଙ୍କ ବ୍ୟତିରେକ ଲେଖା ସବୁ ଅଚଳ । ତାଙ୍କର ସେଇ ଉସ୍ସାହ ଓ ଅନୁରାଗ ଏଇ ବହିଟିକୁ ଆଜି ଲୋକଲୋଚନକୁ ଆଣିବାରେ ସହାୟକ ହେଇପାରିଛି । ସେମାନଙ୍କ ନିକଟରେ ମୁଁ ଆଜୀବନ ରଣୀ ।

ଧନ୍ୟବାଦ,

ଝିନୁ ଛୋଟରାୟ

ଉତ୍ସର୍ଗ

ପରମପୂଜ୍ୟ ବାବା, ଆପଣଙ୍କ ଶ୍ରୀଚରଣ ତଳେ କୋଟି କୋଟି ପ୍ରଣାମ। କେଉଁ ଜନ୍ମ ଜନ୍ମାନ୍ତରର ସୁକୃତରୁ ଏ ଜନ୍ମରେ ଆପଣଙ୍କ କୃପାଲାଭ, ଦର୍ଶନ ଆଉ ପଦ ସେବାର ସୌଭାଗ୍ୟ ପାଇ ଏ ଅଧମା ନିଜକୁ ଧନ୍ୟା ମନେ କରୁଛି। ଭୂମିଷ୍ଠ ହେଲା ଦିନୁ ଆପଣଙ୍କ 'ହରିନାମ' ଛତ୍ରଛାୟା ତଳେ ବଢ଼ିଛୁ। ଗୁରୁକୁଳ ଆଶ୍ରମ ପରି ଆମ ଗାଁ ମଠର ଚାକୁଣ୍ଡା ଗଛ ତଳେ ଗୋବର ଲିପା ମାଟି ଉପରେ ପଡ଼ିଥିବା ମସିଣାରେ ବସି କେତେ ନୀତି ଶିକ୍ଷା ଶ୍ରୀମୁଖରୁ ଶୁଣିଛୁ। ଆମ ତୁଟି ଦେଖି ଆମକୁ ଆକଟ କରିଛନ୍ତି। ସ୍ମିତହାସ୍ୟ ସହ ପୁଣି ନିକଟକୁ ଡାକି ପାଖରେ ବସେଇଛନ୍ତି। 'ହରିନାମ'ର ମହାମ୍ୟ ଶିଖେଇଛନ୍ତି। ମଣିଷ ପରି ବଞ୍ଚିବାକୁ ଉପଦେଶ ଦେଇଛନ୍ତି। ଜାଗତିକ ବସ୍ତୁର ଅନିତ୍ୟତା ବିଷୟରେ ବୁଝେଇଛନ୍ତି। ସଂସାରୀଙ୍କୁ ଆପଣଙ୍କ ଉପଦେଶ, "ନିଜର ଦୁଃଖ ଲାଘବ ପାଇଁ ନିଜ ଅପେକ୍ଷା ନିମ୍ନରୁ ନିମ୍ନତର ଅସହାୟ ବ୍ୟକ୍ତିଙ୍କୁ ଦୃଷ୍ଟିପାତ କଲେ ନିଜକୁ ସୁଖୀ ବୋଲି ମନେ କରିପାରିବ ଏବଂ ମନରେ ଗର୍ବ ଆଉ ଅଭିମାନ ଆସିଲେ, ନିଜ ଅପେକ୍ଷା ଉଚ୍ଚରୁ ଉଚ୍ଚତର ବ୍ୟକ୍ତିଙ୍କୁ ଚାହିଁ ମନରେ ନମ୍ରତା ଆଣିପାରିବ।" ବାବା, ସଂସାର ଚଲାପଥରେ ସେଇ ଆପଣଙ୍କ ବାଣୀ ଆମ ପାଇଁ ଉଜ୍ଜ୍ୱଳ ଦୀପଶିଖା ପରି ପଥ ପ୍ରଦର୍ଶକ। ଅନେକ ସମୟରେ ମାୟା ସଂସାରର ଧୂଳି ଆଖିକୁ ଝାପ୍ସା କରି ଅବାଟରେ ନେଇଯାଏ। ଆପଣ ଅଦୃଶ୍ୟରେ ସେ ଧୂଳି ଝାଡ଼ି ଉଚ୍ଛୃଙ୍ଖଳ ମନକୁ ଆଲୋକ ଦେଖାଇ ସଠିକ୍ ବାଟକୁ ପୁଣି ନେଇ ଯାଆନ୍ତି।

ଆପଣଙ୍କ ପ୍ରିୟ ସଂକୀର୍ତ୍ତନ ' (ଭଜ) ନିତାଇ ଗୌର ରାଧେଶ୍ୟାମ (ଜପ) ହରେ କୃଷ୍ଣ ହରେ ରାମ'ର ସେ ସୁମଧୁର ଝଙ୍କାର ଆମର ପ୍ରତିଟି କୋଷରେ ଆଜି ବି ସ୍ପନ୍ଦିତ। ଆଶୀର୍ବାଦ କରନ୍ତୁ ସେଇ 'ନାମ'ରେ ଆଉ ଆପଣଙ୍କ ପାଦପଦ୍ମରେ ଏ ମନ ସର୍ବଦା ଲୀନ ରହୁ।

ବାପା, ବୋଉ, ତମ ଚରଣ ତଳେ ଭୂମିଷ୍ଠ ପ୍ରଣାମ। ତମ କୋଳରେ ଜନ୍ମ ନେଇ ଆଜି ନିଜକୁ ମୁଁ ଖୁବ୍ ଭାଗ୍ୟବତୀ ମନେ କରୁଛି। ତମେ ଯିଏକି ଆଧ୍ୟାତ୍ମିକ ପଥଟି ଧରି ଓ ଆମକୁ ଧରାଇ ସେଇ ପଥରେ ଏକା ମୁହାଁ ହେଇ ଚାଲିବାର ଉପଦେଶ ଦେଇଛ।

ବାପା, ୟା ଭିତରେ ଅନେକ ଦିନ ବିତି ଗଲାଣି, ମୋର ଏବେ ବି ମନେପଡ଼େ... ବାହାଘର ପରେ ଆମେରିକା ଆସିବା ପୂର୍ବରୁ କୌଣସି କାରଣବଶତଃ ଭୁବନେଶ୍ୱର ଏୟାରପୋର୍ଟରେ ଛାଡ଼ିବାକୁ ଆସି ନପାରି ମତେ ସମ୍ବଲପୁର ବସ୍ଷ୍ଟାଣ୍ଡରେ ଛାଡ଼ିବାକୁ ଆସିଥିଲ। ବସ୍ଟି ଛାଡ଼ିବା ଆଗରୁ ଲୁହ ଛଳଛଳ ଆଖିରେ ନିଜ ପାଦ ଧୂଳି ନିଜ ହାତରେ ଆଣି ବସର ଝରକା ବାଟୁ ମୋ ମୁଣ୍ଡରେ ଲଗେଇ କହିଥିଲ, 'ୟା ମାଆ, ଆଶୀର୍ବାଦ ରହିଲା। ଠାକୁରଙ୍କୁ ଭୁଲିବୁନି, ତୋ ବାପା ବୋଉଙ୍କୁ ଭୁଲିବୁନି।' ସେଦିନର ସେ ସ୍ମୃତି ମୋ ମନ ଆଇନାରେ ସଦା ସଦ୍ୟ ପ୍ରତିଫଲିତ। ଘରକୁ ଚିଠି ଲେଖିଲେ ପିଲାମାନଙ୍କୁ ତମର ଉପଦେଶ ଥିଲା, ଠାକୁରଙ୍କୁ ପ୍ରଣାମ ଜଣାଇ ଚିଠିଟିକୁ ଆରମ୍ଭ କରିବା ପାଇଁ। କେତେବେଳେ କେମିତି ଆମେ ଭୁଲିଗଲେ ପର ଚିଠିରେ ମନେପକେଇ ଦେଉଥିଲ।

ବୋଉ, ତୋର ଗୁରୁଭକ୍ତି, ନିଷ୍ଠା, ବିଶ୍ୱାସ ଓ ଦୃଢ଼ତାର ଦୃଷ୍ଟାନ୍ତ ବିରଳ। ଯାହାକୁ କି ଦେଖିଲେ ନିଜକୁ ଖୁବ୍ ନ୍ୟୂନ ଲାଗେ। ମନେପଡ଼େ... ବାପାଙ୍କ ଯିବାର ଅଳ୍ପ ବର୍ଷ ପରେ, ଜିତୁ ଦୁର୍ଘଟଣାରେ ମାତ୍ର ୨୮ ବର୍ଷ ବୟସରେ ଚାଲିଗଲା। ବାପା ଆଉ ସାନ ଭାଇଟାକୁ ହରେଇ ଠାକୁରଙ୍କ ଉପରେ ସେତେବେଳେ ଅଭିମାନ ଆସିଯାଇଥିଲା। ଯେତେବେଳେ ତୋ ସାଙ୍ଗରେ କଥା ହେଉ, ମନ କଷ୍ଟରେ ପାଟିରୁ ବାହାରି ଆସେ, 'ବୋଉ, ଆମେ ତାହା ହେଲେ ଠାକୁରଙ୍କୁ ଡାକିବୁ କାହିଁକି?' ତୁ କାନ୍ଦ ବନ୍ଦ କରି ତୋର ସେଇ ଉପଦେଶାମ୍ଳକ ସ୍ୱରରେ କହୁ "ମା'ରେ, କେତେବେଲେ ବି ସେ କଥା ପାଟିରେ ଧରିବନି। ଆଜି ତମ ବାପା, ଭାଇ ଚାଲିଗଲେ ବୋଲି ଠାକୁରଙ୍କୁ ଛାଡ଼ିଦେବ? ତାଙ୍କୁ ଛାଡ଼ିଲେ ଯିବ କୁଆଡ଼େ, ବାଟ ବଣା ହେଇଯିବ।" ତୋର ସେଇ ଉପଦେଶ ମନ ବୀଣାରେ ମୋର ସଦା ଝଙ୍କୃତ। ମଥା ନଇଁଯାଏ। ବାପା, ବୋଉ ତମ ସେଇ ଶିକ୍ଷା, ଉପଦେଶ ଏ ଶରୀରର ପ୍ରତ୍ୟେକ ଶିରା ପ୍ରଶିରାରେ ପ୍ରବାହିତ।

ପରମ ପୂଜ୍ୟ ବାବା ଏବଂ ତମରି ସ୍ମୃତିରେ ବହିଟିଏ ବାହାର କରିବାର ଅନେକ ଦିନର ଲୁକ୍କାୟିତ ଅଭୀପ୍ସା ଆଜି ବାସ୍ତବତାରେ ପରିଣତ ହେବାକୁ ଯାଉଛି। ତମ ଝିନୁର କବିତା ସଂକଲନର ପୁସ୍ତକଟି ବାବାଙ୍କ କରୁଣା ଏବଂ ତମ ଆଶୀର୍ବାଦରୁ ହିଁ ସମ୍ଭବ ହେଲ ପାରିଛି। ସେସବୁ ତମରି ଶିକ୍ଷା, ଦୀକ୍ଷା, ତ୍ୟାଗ ଓ ପ୍ରେମର ପରିପ୍ରକାଶ। ତମେ ଥିଲେ ଦେଖି, ପଢ଼ି କେତେ ଯେ ଖୁସି ହେଇ ଥାଆନ୍ତ!!

ଆମ ଆରାଧ୍ୟ ନାମାଚାର୍ଯ୍ୟ ଶ୍ରୀ ଶ୍ରୀ ବାୟା ବାବାଙ୍କ
ପାଦପଦ୍ମରେ ଏବଂ ବାପା, ବୋଉଙ୍କ ଚରଣ ତଳେ
ଏଇ 'ଅର୍ଘ୍ୟ' ମୋର ଅର୍ଘ୍ୟ ପୁଷ୍ପାଞ୍ଜଳି।
ଚରଣାଶ୍ରିତା, ସ୍ନେହାଶ୍ରିତା ଝିନୁ

ଅଭିମତ

କବିୟିତ୍ରୀ ଝିନୁ ଛୋଟରାୟଙ୍କ କବିତା ସଂକଳନ 'ଅର୍ଘ୍ୟ' କବିତା ଜଗତରେ ଏକ ନବ ଉନ୍ମାଦନାର ବାର୍ତ୍ତାବହ ।

'ପୂଜାଥାଳୀ', 'କୃପାଭିକ୍ଷା', 'ମୋ ଚଲନ୍ତି ଠାକୁର', 'ଚିଠି' ଆଦି କବିତା ମନକୁ ଖୁବ୍ ଛୁଉଁଛି ।

କବିଙ୍କର ଏହି ପ୍ରଥମ ସଂକଳନ ବେଶ୍ ଉଚ୍ଚକୋଟୀର ।

ପାଠକ ବର୍ଗ ଏହାକୁ ଆଦର କରିବେ ବୋଲି ଆଶା ଓ ବିଶ୍ୱାସ ।

ଡ. ତନ୍ମୟ ପଣ୍ଡା ଏବଂ ଡ. ସୁନନ୍ଦା ମିଶ୍ର ପଣ୍ଡା
ପ୍ରକାଶକ ଦମ୍ପତି
ବିଦ୍ୟା ପବ୍ଲିଶିଙ୍ଗ

ସୂଚୀପତ୍ର

ଭାବକୁ ନିକଟ

'ଭାବ କୁ ନିକଟ ଅଭାବ କୁ ଦୂର।' ମନ ସମୁଦ୍ରରେ ଉଚ୍ଛୁଳା 'ଭାବ' ଟିକକର ଛିଟିକା ଜଳ ରାଶିକୁ ଲେଖିକା ହାତରେ ଟୋଲି ଚେଷ୍ଟା କରିଛନ୍ତି ସେଇ ଭାବ ବିନୋଦିଆ ଠାକୁରଙ୍କ ଶ୍ରୀଚରଣ ତଳେ ସମର୍ପଣ କରିବା ପାଇଁ। ସେ କୁହନ୍ତି ବାମନ ହେଇ ଚାନ୍ଦକୁ ହାତ ବଢ଼େଇବାର ତାଙ୍କର ପ୍ରୟାସ ମାତ୍ର ! !

ପୂଜାଥାଲି

ପୂଜାଥାଲି ଧରି ଧାଇଁ ମୁଁ ଆସିଛି
ମନମନ୍ଦିରକୁ ମୋର
ଫୁଲମାଲା, ଦୀପ, ଅଗୁରୁ, ଚନ୍ଦନେ
ପୂଜିବି ମୋ ପ୍ରାଣେଶ୍ୱର ।

ତୁମରି ଜିନିଷ ତୁମକୁ ଦେବାକୁ
ଆସିନାହିଁ ତୁମ ପାଶ
ମାଗିବାକୁ ଏଠି ଆସିନି ମୁଁ କିଛି
ନାହିଁ ମୋ ସେ ଅଭିଲାଷ ।

ଗୁନ୍ଥି ନାହିଁ ମାଲା ତୁମରି ଫୁଲରେ
ନୁହଁଇ ଦୀପ ମାଟିର
ଚନ୍ଦନ ଘୋରିନି ଚନ୍ଦନ କାଠରେ
ଥାଲି ନୁହେଁ ପିଉଲର ।

'ଭାବ'ର ଧାତୁରେ ଅତି ଯତନରେ
ଗଢ଼ିଛି ଥାଲିଟି ମୁହିଁ
ତୁମେ ପରା ପ୍ରଭୁ ଭାବର ଠାକୁର
ଥାଲିଟି ତୁମରି ପାଇଁ ।

ମାଳା 'ଭକ୍ତି' ମୋର 'ହରିନାମ' ଫୁଲେ
ସବୁଠୁ ତୁମରି ପ୍ରିୟ
ଶକ୍ତ ଭାବେ ମୁହିଁ ଗୁନ୍ଥିଛି ମାଳାକୁ
ସୂତା ମୋର 'ଏକଲୟ'।

ମୋ 'ପ୍ରେମ' ଚନ୍ଦନେ ସଜାଇବି ଆଜି
ଲଲାଟରେ ଟିପା ତବ
ମୋ 'ସ୍ନେହ' ଅଗୁରୁ ଛିଟାଇବି ଦେହେ
ମହମହ ବାସୁଥିବ।

ମୋ 'ଶ୍ରଦ୍ଧା' ଦୀପରେ 'ବିଶ୍ୱାସ' ସଲିତା
ସଜାଇ ଆଣି ରଖିଛି
ତବ 'କରୁଣା'ର ଘିଅ ଟିକେ ଲୋଡ଼ା
ଜଳିବାକୁ ଦିବା ନିଶି।

ଭାବ, ଭକ୍ତି, ପ୍ରେମ, ଶ୍ରଦ୍ଧା, ବିଶ୍ୱାସରେ
ଦୃଢ଼ ହେଉ ମୋର ଡୋରି
ଟାଣି ଆଣୁଥିବ ଦେଖୁଥିବି ନିତି
ତୁମରି ରୂପ ମାଧୁରୀ।

•••

କୃତଜ୍ଞତା।

ସମ୍ମୁଖେ, ପଶ୍ଚାତେ ମୋର ଦୁଇ ପାର୍ଶ୍ୱେ

ଚମତ୍କାର ତବ ସୃଷ୍ଟି

ଅପୂର୍ବ ବିନ୍ଧାଣି ନାହିଁ ତା' ଉପମା

ଦେଖେ ଦାନ ଦୃଷ୍ଟି ଶକ୍ତି

ଅରୁଣୋଦୟର ସ୍ୱର୍ଗୀୟ ମାଧୁରୀ

ଇନ୍ଦ୍ରଧନୁ ସପ୍ତରଙ୍ଗ

ପୂର୍ଣ୍ଣ ଚନ୍ଦ୍ରକାନ୍ତି ଦୂର ଦିଗ୍‍ବଳୟେ

ଗୋଧୂଲି ସମୟ ଦୃଶ୍ୟ

ପ୍ରଭୁ ହେ !

କୃପା ସେ ତବ ଅଶେଷ।

ଶ୍ରବଣେନ୍ଦ୍ରିୟ ଶୁଣେ ପକ୍ଷୀଙ୍କ ଗୁଞ୍ଜନ

ରବ ଭିନ୍ନ ପଶୁଙ୍କର

ଦୂରୁ ଶୁଭିଯାଏ ଧ୍ୱନି ତରଙ୍ଗର

ମଲୟ ମୃଦୁ ଝଙ୍କାର

ଶୁଣିପାରେ ପୁଣି ସଙ୍ଗୀତ ଓ ବାଦ୍ୟ

ଗାଥା ଲୀଳା ସ୍ରଷ୍ଟାଙ୍କର

ନବଜାତ ଶିଶୁ ଅଲୌକିକ ସୃଷ୍ଟି

କୁଆଁକୁଆଁ ରାବ ତାର

ପ୍ରଭୁ ହେ !

ତୁମେ ଯେ ପ୍ରେମ ସାଗର।

ଘ୍ରାଣେନ୍ଦ୍ରିୟ ଦାନେ ଆଘ୍ରାଣ କରେ ମୁଁ
ପୁଷ୍ପଗୁଚ୍ଛ ସୁବାସିତ
ବଉଳ, ଚମ୍ପକ, ମଲ୍ଲୀ ଓ ଗୋଲାପ
ହେନା, କିଆ, ପାରିଜାତ
ଚନ୍ଦନ, କସ୍ତୁରୀ, କର୍ପୂର ଓ ଧୂପ
ପ୍ରଭୁଙ୍କ ମହାପ୍ରସାଦ
ସଦ୍ୟ ଭିଜାମାଟି ମିଠା ମିଠା ବାସ୍ନା
ନାସିକା କରେ ସ୍ୱାଗତ
ପ୍ରଭୁ ହେ !
ଅପାର କରୁଣା ତବ ।

ସ୍ୱାଦର କଳିକା ଅମୂଲ୍ୟ ସେ ଦାନ
ଜାଣେ ସ୍ୱାଦ ବିଭିନ୍ନତା
ଆଖୁ, ଫଳ, ଆଦି ସ୍ୱାଦିଷ୍ଟ, ସୁସ୍ୱାଦୁ
କଲରା, ନିମ୍ବର ପିତା
ଜାଣିପାରେ ପୁଣି ତେନ୍ତୁଳିର ଖଟା,
ସମୁଦ୍ର ଜଳ ଲୁଣିଆ
ସଦ୍ୟ ତାଳସଜ, ପଢଇଡ଼ର ପାଣି
ପାଟିକୁ ଲାଗେ ବଢ଼ିଆ
ପ୍ରଭୁ ହେ !
କି ଅସୀମ ତବ ଦୟା !!

ସ୍ପର୍ଶ ଅନୁଭବେ ପ୍ରଭାତ ରଶ୍ମିର
ଦିଏ ନୈସର୍ଗିକ ସୁଖ
ବିଚ୍ଛୁରୀତ ଜ୍ୟୋସ୍ନା ଚନ୍ଦ୍ରମା ରାତିର
ମନରେ ଆଣେ ପୁଲକ
ଗ୍ରୀଷ୍ମ ରୌଦ୍ରତାପ, ଶୀତର ପ୍ରକୋପ
ବସନ୍ତ ମୃଦୁ ମଳୟ
ବର୍ଷାର ଆର୍ଦ୍ରତା, ହିମ ଶୀତଳତା
ଅନୁଭବେ ସ୍ପର୍ଶେନ୍ଦ୍ରିୟ
ପ୍ରଭୁ ହେ !
ତୁମେ କି କରୁଣାମୟ !!

କୃତଜ୍ଞତା ଥାଳି ପଡ଼େ ମୋ ଉଚ୍ଛୁଳି
ଦାନ ତବ ଅକଳନ
ମାନବ ଶରୀର ଏ ଅପୂର୍ବ ମୋର
ପଞ୍ଚ ଜ୍ଞାନେନ୍ଦ୍ରିୟ ଦାନ
ଦିଅ ଆଶୀର୍ବାଦ ରୁହେ ମୁଁ କୃତଜ୍ଞ
ଅହର୍ନିଶି ତବ ପାଶେ
ତବ କୃପାଦାନ ଭୁଲେ ନାହିଁ ପଡ଼ି
ଷଡ଼ରିପୁ କବଳରେ
ପ୍ରଭୁ ହେ !
ତୁମରି ଆଶିଷ ଲୋଡ଼େ !!

•••

# ଜୀବନ ଧନ

ରତ୍ନବେଦୀରେ ତୁ ବସି ବର୍ଷସାରା
ବୁଲିବାକୁ ଆଜି ମନ
କେତେ ସରାଗରେ ବାହାରିଛୁ ଧନ
କରିବୁ ନଗ୍ନ ଭ୍ରମଣ ।

ମୁଣ୍ଡରେ ଟାହିଆ ସୁଶୋଭିତ ବେଶ
ଅତି ପୁଲ୍ଲକିତ ମନ
ଝରି ପଡ଼ୁଅଛି ହସର ଝୁଆର
ଦେଖିବାକୁ ପ୍ରିୟଜନ ।

ଝୁଲି ଝୁଲି ଆସୁ ବାଇଶି ପାହାଚୁ
ଗୁଣ୍ଠୁଣି ହାତୀ ମୋହର
ମୋ ଆଖ୍ କଜ୍ଜଳ ତୋ ଉଦ୍ଦେଶ୍ୟ ମାରେ
ଲାଗିବନି କା' ନଜର ।

ଲୋକଙ୍କ ଗହଲି ତୋ ଚାରିପାଖରେ
ଗୁଲୁଗୁଲି ଆଷାଢ଼ର
ବୋହି ପଡ଼ୁଥିବ ମୋ ଧନ ଦେହରୁ
ଟପ ଟପ ହୋଇ ଝାଲ ।

ଇଚ୍ଛା ହୁଏ ମୋର ଥାଆନ୍ତି କି ପାଶେ
ଶୁଖାନ୍ତି ମୁଁ ବିଶ୍ୱ ଝାଲ
ମୋ ଶାଢ଼ି ପଣତେ ଅତି ଯତନରେ
ପୋଛୁଥା'ନ୍ତି ତୋ କପାଳ ।

ମାଉସୀର ଘରେ ବୁଲି ଆସିବାକୁ
ଆଗ୍ରହ ମନେ ପ୍ରବଳ
ପହଞ୍ଚିବୁ ଯାଇ କେତେବେଳେ ସେଠି
ରଥ ଯେ ଚାଲେ ମନ୍ଥର ।

ଧକଡ଼ ଚକଡ଼ ଟଣା ଭିଡ଼ାଭିଡ଼ି
ହେଉଥିବ ଦେହେ ପୀଡ଼ା
କ୍ଲାନ୍ତ ଶରୀର ତୋ ଲୋଟାଇ ଦେବାକୁ
ନଥିବ ସ୍ଥାନ ନିରୋଲା ।

ଆସନ୍ତୁ କି ଧାଇଁ ଏଠି କେହି ନାହିଁ
କରନ୍ତି ଦେହ ମର୍ଦ୍ଦନ
ମୋ ହାତ ଖେଚୁଡ଼ି ଖାଇ ମୋ କୋଳରେ
ନିଅନ୍ତୁ ଟିକେ ବିଶ୍ରାମ ।

ମନହୁଏ ମୋର ଜଡ଼ାଇ ଛାତିରେ
ରଖି ଦିଅନ୍ତି ପାଖରେ
ସମୟ ତୋ କାହିଁ ବିରାଟ ସଂସାର
ଭାର ତୋ କାନ୍ଧ ଉପରେ ।

ସବୁ କାମ ଛାଡ଼ି ଶେଷ ମୁହୂର୍ତ୍ତେ ମୋ
ଧାଇଁ ତୁ ଆସିବୁ ଧନ
ଚାହିଁଥିବି ମୋର ଜୀବନ ଧନକୁ
ପିଣ୍ଡୁ ଚାଲିଯିବ ପ୍ରାଣ ।

•••

ନାମ ଅସ୍ତ ଧରି ଚାଲ

କିଏ କହେ 'ବାବା' ଚାଲିଗଲା, ଆମା ଅନ୍ଧକାରେ ମିଶିଗଲା
ସଂସାରରୁ ସିଏ ବିଦା ନେଲା ଆମ
ସବୁତକ ସୁଖ ସରିଗଲା।

କିଏ କହେ 'ବାୟା' ଆଉ ନାହିଁ ବୁଝିବେନି ଦୁଃଖ ଆଉ କେହି
ଅନ୍ତର ବେଦନା ଉପଶମ ପାଇଁ
କାହା ପାଶେ ଯିବା ଆମେ ଧାଇଁ।

ମୁଁ କହେ 'ବାବା' ଯାଇ ନାହିଁ, ଥିଲା ପାଶେ ଥିବ ଆମ ପାଇଁ
ସୁଖ ଦେଉଥିଲା ଦେଉଥିବ ସୁଖ
ଯାଇ ପାରିବନି ଆଉ କାହିଁ।

ଯାଇ ପାରିବନି 'ବାୟା' ଆମ, ଛାଡ଼ି ପାରିବନି 'ହରିନାମ'
ତା' 'ନାମ' ଯେଉଁଠି ଅଛି ସେ ସେଇଠି
ବୁଝୁ ନାହିଁ କିନ୍ତୁ ଆମ ମନ।

ନୀତି କଥା କେତେ କହୁଥିଲା, ଉପଦେଶ ସବୁ ଦେଉଥିଲା
'ମଣିଷ ହୁଅରେ, ମଣିଷ ହୁଅରେ'
କାନେ କାନେ ସିଏ କହୁଥିଲା।

କହୁଥିଲା ସିଏ 'ନାମ' କର, ସଂସାର ସାଗରୁ ହେବ ପାର
'ନାମ' କରିକରି ଭବୁ ଯିବ ତରି
ମଣିଷ ଜୀବନ ନୁହେଁ ଚିର ।

ଅଜ୍ଞ ଶିଶୁ ସବୁ ଆମେ ତା'ର, ବୁଝିପାରିଲୁନି କଥାର ସାର
ଅମୂଲ୍ୟ ନିଧିକୁ କରତଳେ ପାଇ
କରିଥିଲୁ ତାକୁ ଅନାଦର ।

ମଣିଷ ହେଲୁନି ଆମେ କେହି, ଲୁଚିଗଲା ସିଏ ସେଇଥିପାଇଁ
ମଣିଷ ଭାବରେ ଦେଖିବା ପାଇଁ କି
ଧାଇଁ ସେ ଆସିବ ଆମ ପାଇଁ ।

ବିଛାଇ ଦିଅରେ 'ନାମ' ଜାଲ, 'ନାମ' ଅସ୍ତ୍ର ଧରି ସବୁ ଚାଲ
ଯେଉଁଠି ସେ ଅଛି ଯେଉଁଠି ଲୁଚିଛି
ଧରାଇ ଆଣିବ 'ନାମ' ଜାଲ ।

(ଆମ ପୂଜ୍ୟ ଗୁରୁଦେବ ନାମାଚାର୍ଯ୍ୟ ଶ୍ରୀ ଶ୍ରୀ ବାୟାବାବାଙ୍କ ସ୍ମରଣରେ ଲିଖିତ)

ମାଗୁଣି

କ୍ରମାଗତ ଦୁର୍ବିପାକ ଦେଖୁଅଛି ଏ ନୟନ

ଜରା, ବ୍ୟାଧ୍ର, ଦୁଃଖ, ଶୋକ କରେ ଭାରାକ୍ରାନ୍ତ ମନ

ସବୁ ଦେଖ, ସବୁ ଜାଣି

ଅଜଣା ଏ ମୂଢ଼ ମନ

କାଳିଆ ନିସୃତ ବାଣୀ ଚେତାଏ ପ୍ରତିଟି କ୍ଷଣ ।

ସେ ବାଣୀ ଛୁଏଁ ଏ ମନ କ୍ଷଣିକ ଦାରା, ସନ୍ତାନ

ପୁତ୍ର ବୋଲି ଧରୁ କୋଳେ କରୁ ବ୍ୟର୍ଥ ତୁ ଚୁମ୍ବନ

ଚେତାଇ ଦିଏ ସେ ପୁଣି

କାହିଁକିରେ ବାଇମନ

କ୍ଷଣସ୍ଥାୟୀ ଅଟେ ପରା ଧନ, ଜନ, ସନମାନ ।

କହିଥାଏ ତ୍ୟାଗ ତୁମ ମୁଁ, ମୋର, ଅଭିମାନ

କରି 'ମୁଁ' କରାଉଥାଏ ନାହିଁ ସେଠି ତୁମ ନାମ

ଛାଡ଼ିବାକୁ କହେ ପୁଣି

ଲୋଭ, ମୋହ, କ୍ରୋଧ, କାମ

କରେ ସଦା ମତିଭ୍ରମ ଦମ୍ଭ, ଦର୍ପ, ଅଭିମାନ ।

ନୁହେଁ କିଛି ବଡ଼ସାନ କହଇ ଚକାନୟନ

କୋମଳ ମଧୁବଚନ କହି ହର ପ୍ରାଣୀ ମନ

ଅଭ୍ୟାସ କର ସେ କହେ

ପବିତ୍ର ସରଳ ମନ

ବାନ୍ଧି ରଖଥାଏ ସଦା ଭକତ ଓ ଭଗବାନ ।

ବାଣୀ ତା'ର

କଳିଯୁଗେ ଶ୍ରେଷ୍ଠ ଧର୍ମ ହରିନାମ ସଂକୀର୍ତ୍ତନ

ନିଜ ନାମ ଶୁଣୁଥାନ୍ତି ବସି ସେଇ ଶ୍ୟାମଘନ

ଯେଉଁଠାରେ ଶ୍ୟାମଘନ

ସେଠି ଥାଏ ରାଧା ପ୍ରେମ

ପ୍ରେୟସୀ ରାଧିକା ଥାଇ ଶୁଣୁଥାନ୍ତି ବଂଶୀସ୍ୱନ।

ଦେଇଛୁ ମଣିଷ ଜନ୍ମ ପୁନି ସଂସାରୀର କର୍ମ

ଷଡ଼ରିପୁ ସମାଗମ ଅପରାଧ ମୋର କ୍ଷମ

ଏତିକି ମାଗୁଣି ମମ

ହୁଅ ସାହା ଏ ଅଧମ

ସଂସାର ରଥକୁ ବାହି ନଭୁଲେ ତୋ ଶ୍ରୀଚରଣ।

ଭଜେ ସଦା

ନିତାଇ ଗୌର ରାଧେ ଶ୍ୟାମ

ହରେ କୃଷ୍ଣ ହରେ ରାମ।

•••

ମୋ 'ବାବା'ଙ୍କ ସ୍ମରଣେ

'ବାବା' ହେ !
କାଳି ପରି ଲାଗେ ମନେପଡ଼େ ସବୁ
    ସ୍ମୃତି ସବୁ ସେ ଯେ ଚିର ଅଭୁଲା
ସ୍ୱପ୍ନ ପରି ଅବା ଆଖି ପିଛୁଲାକେ
    ଦିନ ସବୁ ସତେ କୁଆଡ଼େ ଗଲା ।

ମନେପଡ଼େ 'ବାବା' ପ୍ରତିଟି ବରଷେ
    ସେଇ ପୂଣ୍ୟ ଭୂମି 'ଶିବପୁର'ରେ
ଯାଉଥିଲ ତୁମେ ହେଉଥିଲା 'ନାମ'
    ହସୁଥିଲା ଗାଆଁ ଲୋକ ମୁଖରେ ।

'କଣ୍ଡୁଆର' ଡେଇଁ 'ଗୁଲୁଗୁଲି' ପରେ
    ପଡୁଥିଲା ସେଇ ଆମରି ଗାଁ
ଟିକି ଗାଁ ସତେ ପବିତ୍ରତା ପାଇଁ
    ଡକା ପଡୁଥିଲା ତା'ରି ନାଁ ।

'ହର ପାର୍ବତୀ' 'ସିଦ୍ଧଗୋସାଇଁ'
    'ବାୟା ନାମେ' ସେଇ ପବିତ୍ର ଭୂଇଁ
'ହୀରାକଣି' ପୁଣି 'ବାଲିଆ ପୋଖରୀ'
    ଘେରି ରହିଥାଏ 'ହଂସୁଆ ନଈ' ।

ତୁମରି ଆଦେଶେ ପ୍ରତିଟି ବରଷେ
    ନବଦିନ ବ୍ୟାପି ସେ ନାମଯଜ୍ଞ,
ଭାଗବତ ଚର୍ଚ୍ଚା, ଭାଗବତ ପାଠ
    ହେଉଥିଲା ସେଠି ସାଧୁ ସତ୍ସଙ୍ଗ ।

ଶୁଭ ଅଧିବାସ, ନାମ ସଂକୀର୍ତ୍ତନ,
          ହରିହାଟ ପୁଣି ସେ ମହୋସ୍ବ,
ନଗର କୀର୍ତ୍ତନ, ଦୁଧହାଣ୍ଡି ଭଙ୍ଗା।
          ଗୋଟି ଗୋଟି ମନେପଡୁଛି ସର୍ବ।

ବିପିନ ବାବାଙ୍କ ଭାଗବତ ଚର୍ଚ୍ଚା,
          ବିନୋଦ ବାବାଙ୍କ ଖୋଳ କରତାଳ,
ଜୀବନ ବାବାଙ୍କ ନଦୀୟା କୀର୍ତ୍ତନ,
          ବଙ୍ଗାଳୀ ବାବାଙ୍କ ‘ନିତାଇ ଗୌର ହରିବୋଲ’।

ଶ୍ରୀ ଗୋଲକ ବାବା, ଉଦ୍ଧାରଣ ବାବା,
          ଅଦ୍ବୈତ ବାବା ଯାଆନ୍ତି ସର୍ବେ
ବରଷକ ଥରେ ସାଧୁ ସମାରୋହେ
          ନାଚି ଉଠେ ଗାଁ ଆନନ୍ଦ ଗର୍ବେ।

ନାଚି ଉଠୁ ଆମେ, ନାଚି ଉଠେ ଘର
          ନାଚି ଉଠେ ବିଲ, ପୋଖରୀ, ନଈ
‘ବାୟା’ ଆସିଛନ୍ତି ନାଚି ଉଠେ ସବୁ
          ନାଚୁଥାଏ ପୁଣି ବାୟା ଚଢ଼େଇ।

ଭରିଯାଏ ବୃକ୍ଷେ ନଡ଼ିଆ, ପଣସ,
          ଆମ୍ବ, ଖଜୁରି, ସପୁରି, ତାଳ
‘ବାବା’ଙ୍କ ସେବାରେ ଫୁଲ ଫୁଟି ହସେ
          ମଲ୍ଲୀ, ଭାନୁମତୀ, ହେନା, ବଉଳ।

ଉଠୁଥିଲୁ ଆମେ ରାତି ପାହାନ୍ତାରୁ
ତୋଳୁଥିଲୁ ନାନା କିସମ ଫୁଲ
କନିଅର, ମଲ୍ଲୀ, ଚମ୍ପା, କୁସୁମେ
ଗୁନ୍ଥି ରଖୁଥିଲୁ ଗଜରା ମାଳ।

ଅଗୁରୁ, ଚନ୍ଦନେ ଭିଜାଇ 'ବାବା' ହେ
ଦେଉଥିଲୁ ମାଳ ତୁମରି ଗଳେ
'ବାବା' ଯେ ନାହାନ୍ତି, ଭାବିଦେଲେ ଆଜି
ଆସି ଯାଉଅଛି ଲୋତକ ଡୋଳେ।

ବସୁଥିଲୁ ତବ ଚରଣ ସମୀପେ
ବାପା, ବୋଉ, ଭାଇ, ଆମେ ସମସ୍ତେ
କେତେ ଯେ ଗୁହାରି କେତେ ଯେ ମୀମାଂସା
ବସି ସବୁ ଶୁଣ ମୁରବି ରୂପେ।

ଦେଉଥିଲ କେତେ ନୀତି ଉପଦେଶ
କହୁଥିଲ 'ଭଲ ମଣିଷ ହୁଅ'
ସ୍ନେହ ପୂର୍ଣ୍ଣ ତବ ଆଶ୍ୱାସନା ଶୁଣି
ଲିଭି ଯାଉଥିଲା ଅନ୍ତର କୋହ।

କଅଁଳ ହାତର ପାନ ଖଣ୍ଡେ ପୁଣି
ପାକୁଆ ପାଟିରେ ଚେନାଏ ହସ
ସେତିକିରେ 'ବାବା' ପେଟ ପୂରିଯାଏ
ରୁହେନା କାହିଁରେ ଆଉ ଅବସୋସ।

ସକାଳେ ଆସିଲେ ମୁଣ୍ଡିଆ ମାରିଲେ
    'ଖାଇଲୁଣି ?' ବୋଲି ପଚାରି ବସ
ହାତ ଠାରି କୁହ 'ଖାଇବୁ ଯା ସେଠି'
    ପେଟ ପୂରା ଦେଖ ମୁହଁରେ ହସ ।

ଶତ ବାପା ଠାରୁ ଅଧିକ ହେ ତୁମେ
    ଶତ ମାଆ ଠାରୁ ଅଧିକ ସ୍ନେହୀ
ଅଗଣିତ ତବ ଆଶ୍ରିତଗଣଙ୍କୁ
    ରଖିଥାଅ ସଦା ଘେଣ୍ଟ ଘୋଡ଼ାଇ ।

ଗଲା ଦିନ ସବୁ କୁଆଡ଼େ ହେ 'ବାବା'
    ଇଚ୍ଛା ହୁଏ ଆଜି ଧରିବା ପାଇଁ
ଆସନ୍ତକି ପୁଣି ଅତୀତକୁ ନେଇ
    ମହୋସ୍ବ ପୁଣି କରନ୍ତ ଯାଇ ।

ଦର୍ଶନ କରନ୍ତୁ ତବ ସୌମ୍ୟ ରୂପ
    ଶୁଣନ୍ତୁ ଶ୍ରୀମୁଖୁ ସେ ଦିବ୍ୟ କଥା
ଶ୍ରୀଚରଣ ତଳେ ବସି ପୁଣି ପାଶେ
    ଲିଭିଯାଉଥାନ୍ତା ସକଳ ବ୍ୟଥା ।

ଏତିକି ମାଗୁଣି ଦୟା ସାଗର ହେ
    ଅବାଟରେ ଗଲେ ବାଟ ଦେଖାଅ
ସଦା ସ୍ମରଣାଇ ନିକଟକୁ ନେଇ
    ଏ ଭବସାଗରୁ ପାରି କରାଅ ।

(୧୯୮୨ରେ ଗୁରୁଦେବ ଶ୍ରୀ ଶ୍ରୀ ବାୟାବାବାଙ୍କ
    ସ୍ମରଣ ଦିବସ ଉପଲକ୍ଷେ)

●●●

ଭରସା

ଢାଲୁଅଛୁ ତୋର ଅପାର କରୁଣା ଝୁଲା ମୋର ଉଚୁଟୁବୁ
ଯାହା ମୁଁ ଦେଖୁଛି ଯାହା ମୁଁ ପାଉଛି ଦାନ ଅଟେ ତୋର ସବୁ।

କୃପାବାରି ତୋର ଅହର୍ନିଶ ଝରେ ତୁ ଯେ ବାଞ୍ଛା କଳ୍ପତରୁ
ମୋ ସାହା, ସାହସ, ଶକ୍ତି, ମୁକ୍ତିଦାତା ତୁ ଆଶ୍ରୟ ମହାମେରୁ।

ସଂସାର ପଥରେ ଅନ୍ଧକାରେ ଯେବେ ହୁଏ ମୁହିଁ ବାଟବଣା
ଦୂର ଦିଗ୍‌ବଳୟୁ ଆଲୋକ ଦେଖାଇ ଦର୍ଶାଉ ପଥ ଠିକଣା।

ନୈରାଶ୍ୟରେ ଯେବେ ମନ ମରିଯାଏ ଶିଥିଳ ହୁଏ ଭାବନା
ଶୁଭେ ଆଶ୍ୱାସନା 'ଅଛି ମୁଁ ପାଖରେ କି ପାଇଁ ପୁଣି ଶୋଚନା ?'

ହାତଛଡ଼ା ହେଲେ ଜ୍ଞାତି କୁଟୁମ୍ବରୁ କଣ୍ଟକମୟ ଏ ପଥେ
ଅତୁଟ ଭରସା ହାତ ଧରିଥିବୁ ଏକା କରିବୁନି ମତେ।

ଆଦି, ମଧ୍ୟ, ଅନ୍ତ, କାରଣ, ତାରଣ ସବୁର ତୁ କର୍ଣ୍ଣଧାର
ଅମାପ, ଅକାତ, ପ୍ରେମ, ଦାନ, ଦୟା, ମହିମା ଯେ ତୋ ଅପାର।

ସାରା ଜଗତର ବାଲୁକାର ରାଶି ମିଶାଇ କଲେ ଗଣତି
ବଖାଣିବା ପାଇଁ ତଥାପି ନିଅଣ୍ଟ ତୋର ସେ ଯଶ କିରତି।

ଭୁଲି ନାହୁଁ କେବେ ଏ ଅକିଞ୍ଚନକୁ ତୁ ଯେ କୃପାର ସାଗର
ସୁଦୃଢ଼ ରଖ୍‌ଥା' ଭକ୍ତି ଡୋରି ମୋର ଛୁଇଁ ରହୁ ତୋ ପୟର।

•••

ସାଧନା

ବୁଝାଇ ସୁଝାଇ ପାଖରେ ବସାଇ
କହିଲି ବସିଥା ଧନ
ବ୍ୟସ୍ତ କରିବୁନି ଅବୁଝା ହେବୁନି
କରିବି ଟିକିଏ ଧ୍ୟାନ।

ଆଜ୍ଞାବହ ପରି ମୁଣ୍ଡଟି ହଲାଇ
ଅଦୃଶ୍ୟରେ ରହେ ମୋର
ନିମିଷକ ମଧେ ହଲାଇ କରେ ସେ
ବିଶ୍ଳେଷଣ ଅତୀତର।

ଆଦରରେ ତାକୁ କହେ ପୁଣି ମୁହିଁ
ବସନ୍ତୁକି ମଉନରେ
ଗଡ଼ିଗଲା ପାଣି ଗଲାଣି ସେ ଗଡ଼ି
ପ୍ରଲାପ କାହିଁ ବୃଥାରେ।

ପୁଣି ସେଇକଥା ରହେ ଚୁପଚାପ
ମାତ୍ର ମୁହୂର୍ତକଟିଏ
ଅନାଗତ ଚିନ୍ତା ପୁଣି ଗଲା କଥା
ଆଣି ଚହଲାଇ ଦିଏ।

ଶୂନ୍ୟତା ଭିତରେ ଖୋଜିବି ନିଜକୁ
କଲି ଅନେକ ଉଦ୍ୟମ
ଏକାଗ୍ରତା ଧରି ବସି ପାରିଲିନି
ଧ୍ୟାନରେ ଆସିଲ ବିଘ୍ନ।

ଶତ ଚେଷ୍ଟାରେ ଧାନ ମୋ ବିଫଳ
ହୁଏ ମୋର ଧୈର୍ଯ୍ୟଚ୍ୟୁତ
ଥାଆନ୍ତା କି ମୋର ଅଙ୍କୁଶ ହାତରେ
କରନ୍ତି ତାକୁ ଆୟତ୍ତ ।

ସେଇ ଧନ ଅଟେ ମନଟି ମୋହର
ପବନ ଠାରୁ ପ୍ରଖର
ଅଜସ୍ର ଭାବନା ସଙ୍ଗେ ନେଇଆସି
ଉଙ୍କି ମାରେ ବାରମ୍ବାର ।

ମନ ଓ ଭାବନା ଅତିଟି ସମ୍ପୃକ୍ତ
ମନ ଭାବନା ଆଧାର
ପବିତ୍ର ଭାବନା କରେ ଚିତ୍ତ ଶୁଦ୍ଧି
ସହାୟକ ସାଧନାର ।

ମିଳେ ଆଶ୍ୱାସନା ଶୁଣି ଶାସ୍ତ୍ରବାଣୀ
ସାଧନା ସବୁଠୁ ମୂଳ
ଅବିଶ୍ରାନ୍ତ ଚେଷ୍ଟା କଲେ ମୋ ବିଶ୍ୱାସ
ହେବି ମୁଁ ଦିନେ ସଫଳ ।

କରିବି ନିଜକୁ ଆବିଷ୍କାର ନିଜେ
ମୁଁ କିଏ, କାହାର ଅଂଶ
କେଉଁଠୁ ଆସିଛି କେଉଁଠିକୁ ଯିବି
ଆସିବାର କି ଉଦ୍ଦେଶ୍ୟ ।

ଅଭିଳାଷ

ଥାଆନ୍ତା କି ପକ୍ଷ ମୋର ଉଡ଼ିଯାନ୍ତି ବହୁ ଦୂର

ଫେରନ୍ତିନି ଆଉ ମୁହିଁ ମିଛ ମାୟା ଏ ସଂସାର

ପହଞ୍ଚନ୍ତି ଯାଇ ଦୂରେ

ଏ ସଂସାର ଆରପାରେ

ଯେଉଁଠି ନଥିବ ପ୍ରଲୋଭନ ବନ୍ଧନର

କିଏ ପତି, କିଏ ପତ୍ନୀ

କିଏ ପୁଣି ଭ୍ରାତା, ଭଗ୍ନୀ

କିଏ ପୁତ୍ର, କନ୍ୟା ଆଉ ସଖା, ସହୋଦର

କ୍ଷଣିକ ଏ ମୋହ ମାୟା

ସବୁ ମିଥ୍ୟା ଦେଖାଣିଆ

ସଂସାର ସମ୍ପର୍କ ସେ ଯେ କେବଳ ସ୍ୱାର୍ଥର ।

ଥାଆନ୍ତା କି ପକ୍ଷ ମୋର ଉଡ଼ିଯା’ନ୍ତି ବହୁ ଦୂର

ଶୁଣି ଆଉ ନପାରନ୍ତି ଏଠାକାର କୋଳାହଳ

ପହଞ୍ଚନ୍ତି ଯାଇ ଦୂରେ

ଲୋକ ସମାଗମ ପାରେ

ଅଦୃଶ୍ୟ ହୁଅନ୍ତା ବସ୍ତୁବାଦୀ ଦୁନିଆର

ଧନ, ଜନ, ଯଶ, ଖ୍ୟାତି

ଜୀବ ଧାଏଁ ପଛେ ନିତି

ହ୍ରାସ ହୁଏ ନାହିଁ କେବେ ତା’ ମୃଗତୃଷ୍ଣାର

ଦେଖାଇବା ମତିଗତି

ଲାଗିଅଛି ବାଜି ନିତି

ନଚାଏ ମଣିଷକୁ ଏ ବୃଥା ଅହଂକାର ।

ଥାଆନ୍ତା କି ପକ୍ଷ ମୋର ଉଡ଼ିଯା'ନ୍ତି ବହୁଦୂର

ଡେଇଁ ମୁଁ ଯା'ନ୍ତି ଚାଲି ମନଗଢ଼ା ଏ ପ୍ରାଚୀର

ପହଞ୍ଚନ୍ତି ଯାଇ ଦୂରେ

ଭେଦଭାବ ଆରପାରେ

ଦେଖିବିନି ଯହିଁ ବଞ୍ଛାବଞ୍ଛିର ବିଚାର

ମାଲିକ ରଙ୍ଗୀନ ଆଖି

ଧନୀର ହାକିମ ଜାରି

ଦୁର୍ବଳକୁ ଅତ୍ୟାଚାର ସଦା ସବଳର

କିଏ ରାଜା, କିଏ ଧନୀ

କିଏ ଦୀନ, ହୀନିମାନି

ସବୁରି ହୃଦୟ ପଦ୍ମେ ବସି ଥାଆନ୍ତି ଈଶ୍ୱର।

ଥାଆନ୍ତି କି ପକ୍ଷ ମୋର ଉଡ଼ିଯା'ନ୍ତି ବହୁଦୂର

ପହଞ୍ଚନ୍ତି ଅଭିଲାଷ ଏକ ଆଶ୍ରମ କୁଟୀର

ଶାନ୍ତ ସେଇ ପରିବେଶ

ସେ ନୈସର୍ଗିକ ସ୍ପର୍ଶ

କୋଷେ ମୋର ଝରୁଥା'ନ୍ତା ଶାନ୍ତି ଗଙ୍ଗା ନୀର

ଶୁଣୁଥାନ୍ତି ସାଧୁବାଣୀ

ଶୁଭୁଥାନ୍ତା ଶଙ୍ଖ ଧ୍ୱନି

ଓଁକାର ଧ୍ୱନିରେ ଧୌତ ହୁଅନ୍ତା ଶରୀର

ସମନ୍ୱୟ ଅନୁଭୂତି

ନିଃସ୍ୱାର୍ଥ ପ୍ରେମର ଶକ୍ତି

ବାନ୍ଧି ରଖୁଥାନ୍ତା ମନ ସଦା ଶ୍ରୀପୟୟର।

•••

କୃପା ଭିକ୍ଷା

ପଠାଇଲ ପ୍ରଭୁ ସୃଷ୍ଟିର ସେବାରେ
          ଦେଇ ସ୍ୱଚ୍ଛ ତନୁ, ମନ
ଥିଲା ଅତି ଶୁଭ୍ର, ନିର୍ମଳ, ଭାସ୍କର
          ଆଭା ତା ଜାଜ୍ୱଲ୍ୟମାନ ।

ସ୍ୱଚ୍ଛତା, ଶୁଭ୍ରତା ନାହିଁ ସେଠି ଆଉ
          ଆଜି ସେ ଅତି ମଳିନ
ବୁଡ଼ି ରହି ଏଇ ଆବିଲତା ପଙ୍କେ
          ରଙ୍ଗ ତା' ସମ୍ପୂର୍ଣ୍ଣ ଭିନ୍ନ ।

ତବ ଦରବାରେ ଚାକିରି କାଳ ମୋ
          ଦିନୁ ଦିନୁ ଅବସାନ
ତମରି ନିର୍ଦ୍ଦିଷ୍ଟ ନିଯୁକ୍ତି ସରିଲେ
          ଫେରିବାକୁ ହେବ ଧାମ ।

ମନରେ ମୋ ଦ୍ୱିଧା ଭେଟିବାକୁ ତବ
          ବେଶ ମୋ ଅପରିଚ୍ଛନ୍ନ
ସ୍ଫଟିକସମ ସେ ଥିଲା ତନୁ, ମନ
          କଳା ଦାଗେ ଆଜି ପୂର୍ଣ୍ଣ ।

ମଜ୍ଜି ଏତେଦିନ ମିଛ ସଂସାରରେ
ବ୍ୟର୍ଥରେ ଗଲା ଜୀବନ
'ନାମ ପ୍ରେମ' କୃପା କରଇ ମୁଁ ଭିକ୍ଷା
ରହିବି ଯେତିକି ଦିନ ।

ତୁମରି ନିକଟ ଯିବା ଆଗରୁ ମୁଁ
    'ନାମ ପ୍ରେମେ' ହୁଏ ଲୀନ
'ନାମ' ସରୋବରେ ଧୋଇ ତନୁ, ମନ
କରିବି ତବ ଦର୍ଶନ ।

•••

ସମ୍ପର୍କ ଡୋରି

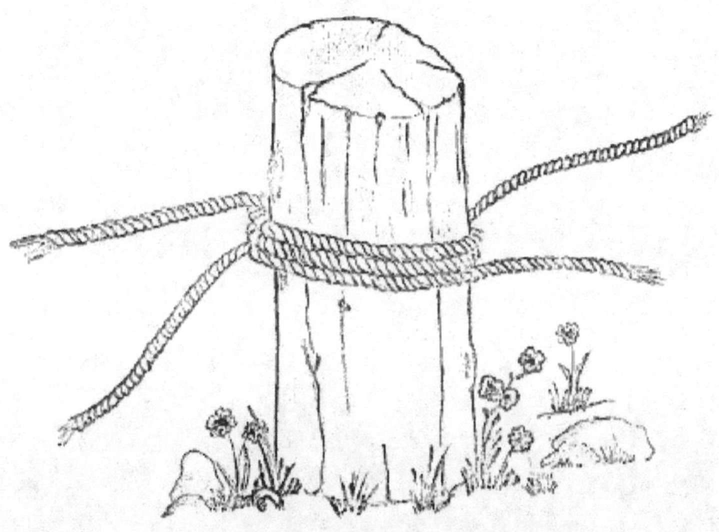

ସଂସାର ଏକ ଶିକ୍ଷା କ୍ଷେତ୍ର । ସମ୍ପର୍କର ଡୋରି ସଂସାର ରୂପକ ସ୍ତମ୍ଭରେ ଶକ୍ତ ଭାବେ ବନ୍ଧା । ମାନବକୁ ଏଇ ସମ୍ପର୍କ ଅନେକ କିଛି ଶିଖେଇଥାଏ, ଅନେକ ଅନୁଭୂତି ଯୋଗାଇଥାଏ । 'ସମ୍ପର୍କ ଡୋରି' ଲେଖିକାଙ୍କ ସାଂସାରିକ ଶିକ୍ଷା ଓ ଅନୁଭୂତିର କାଗଦଦଂଶ ।

ମୋ ଚଲନ୍ତି ଠାକୁର

ବାପା, ବୋଉ ମୋର ପ୍ରଣତି ମୋ ଘେନ
ଯେଉଁଠାରେ ଥାଅ ତମେ
ଛାଡ଼ିଗଲ ସିନା ତମରି ଏ ଅଂଶ
ଝୁରୁଅଛି ପ୍ରତି କ୍ଷଣେ ।

ତମ ଠାରୁ ସୃଷ୍ଟି ତମ ରକ୍ତେ ଗଢ଼ା
ତମେ ମୋ ସ୍ଥିତିର କାରଣ
ଯାହା କିଛି ଆଜି ଯାହା ମୁଁ ହେଇଛି
ତମରି ସେ ଅବଦାନ ।

ତମ ତ୍ୟାଗ, ପ୍ରେମେ, ଲୁହ, ପରିଶ୍ରମେ
ଗଢ଼ା ତମ ଏ ମଣିଷ
ଚାଲି, ଭାବ, ଭଙ୍ଗି, କଥା ଓ ଚିନ୍ତାରେ
ମୁଁ ତମ ପରିପ୍ରକାଶ ।

ହାତ ଧରି ମୋର ଶିଖାଇଲ ମତେ
ପଦକ୍ଷେପ ମୋ ପହିଲି
ତମଠୁ ପ୍ରଥମେ ହାତ ଓ ପାଟିର
ସମନ୍ୱୟ ଶିଖିଥିଲି ।

ପ୍ରଥମ ଅକ୍ଷର ଅକ୍ଷରମାଳାର
ଶିଖାଇଲ ହାତ ଧରି
ନିତି ପ୍ରତିକ୍ଷଣ ଅସରନ୍ତି ଶିକ୍ଷା
ନାହିଁ କଳନା ତାହାରି ।

ମୋ ପାଳନକର୍ତ୍ତା ଥିଲ ମୋ ପାଇଁ
ପ୍ରଥମ ଗୁରୁ ମୋହର
ଦେଇଛ ଅଜସ୍ର ନଥିଲା ପ୍ରତ୍ୟାଶା
ତମେ ମୋ ଚଲନ୍ତି ଠାକୁର ।

ଅନ୍ଧପଟି ବାନ୍ଧି ଚାଲୁଥିଲି ମୁହିଁ
ଦେଖିଲିନି ତ୍ୟାଗ ତମ
ସ୍ମୃତି ଖିଅ ଆଜି ଟାଣିନିଏ ଯେବେ
କରେ ମୁଁ ହୃଦୟଙ୍ଗମ ।

ରଣ ସୁଝିବାକୁ ଅନ୍ଧପଟି ବିନା
ଆସନ୍ତି କି ପୁଣି ପାଶ
ସୁଯୋଗ ମିଳିଲେ ସୁଝିବାକୁ କିଛି
କରନ୍ତି ମୁହିଁ ପ୍ରୟାସ ।

●●●

ପ୍ରଶ୍ନବାଚୀ

ପ୍ରେମ!!
ତା ବିହୁନେ ମୂଲ୍ୟ ନାହିଁ
ଏ ସୃଷ୍ଟି ରଚନା
ଭକ୍ତର ଉଡ଼େ ନାହିଁ ବାନା
ସଂସାରୀର ମୂଲ୍ୟହୀନ ସ୍ୱପ୍ନ ଓ କାମନା।

ଅନ୍ତରର ଅନ୍ତର୍ଯ୍ୟାମୀ ଦୟାର ସାଗର
ବନ୍ଧା ପାଶେ ହେବା ପାଇଁ ତାର
ଲୋଡ଼ା ନାହିଁ ଷଡ଼ ଉପଚାର
ଲୋଡ଼ା ନାହିଁ ସେ ବାଜା ବାଜଣା
ଲୋଡ଼ା ନାହିଁ ବାହ୍ୟ ଆଡ଼ମ୍ବର।

ସୃଷ୍ଟିର କରତା ପ୍ରେମ ପାଇଁ ସିଏ ବି ଆକୁଳ
ବିଦୂରଙ୍କ ଶାଗ ଭଜା, ଶବରୀର ଫଳ
ନିଷ୍କପଟକ ପ୍ରେମ ଦାସିଆ, ବନ୍ଧୁ ମହାନ୍ତିର
ରଖିଥିଲେ ଟେକ ପ୍ରଭୁ ସୁଦାମା ଭକ୍ତର
ପ୍ରେମର ରଚକ ସିଏ ପୁଣି ଭିକାରି ପ୍ରେମର
ପ୍ରଭୁ ମାଗେ ପ୍ରେମ ଭରା
ଗୋଟିଏ ତୁଳସୀ ଆଉ ଟୋପାଟିଏ ଜଳ
ପରମପିତା ପଚାରନ୍ତି
ପିତା ପାଇଁ ଏତିକି ବିରଳ???

ପତ୍ନୀର ଅନ୍ତରର ଅଳି

ସଂସାରକୁ ଗଢ଼ିବାକୁ ସରଗରୁ ବଳି

ଲୋଡ଼ା ନାହିଁ ସ୍ୱାମୀ ମୋର ଦୀର୍ଘ ଅଟ୍ଟାଳିକା

ଲୋଡ଼ା ନାହିଁ ସରଗର ଚାନ୍ଦ

ଲୋଡ଼ା ନାହିଁ ହୀରକ ମୁଦ୍ରିକା

ଏ ଆଖି ଯଦି ଭିଜିଯାଏ ନୟନର ଜଳେ

ପୋଛି ଦେବ ପ୍ରିୟ ମୋର ତୁମ କରତଳେ

ପାଦ ଯଦି ଥକି ପଡ଼େ ସଂସାର ରାସ୍ତାରେ

ଚାଲିବାର ଶକ୍ତି ହେବ ତୁମ ପ୍ରେରଣାରେ

ତୁମରି ନରମ କଥା ତୁମରି ଦରୋଟି ହସ

ଟିକିଏ ପରଶ ତୁମ

ଦିବସର ଅବଶେଷ କାଳେ

କୁହ ସ୍ୱାମୀ ଏକି ତୁମ ଶକ୍ତିର ପାରେ ? ? ?

ବୋଉକୁ ମୁଁ ମା' ହେଲା ପରେ

ମାତୃତ୍ଵର ଅଭିଷିକ୍ତା ପରେ
        ଆଲିଙ୍ଗନ ଯେବେ ତତେ କରେ
ନିରାପଦେ ହଜାଏ ନିଜକୁ
        ତୋ ଦେହର ଉଷ୍ଣତା ଭିତରେ।

ତୋ ଦେହର ସେ ଏକା ଉଷ୍ଣତା
        ଅବ୍ୟାହତ ଅଛି ସବୁ କାଳେ
ଦେହକୁ ମୋ ଅଧିକ ପ୍ରଖର ଲାଗେ
        କିନ୍ତୁ ମାଆ ହେଲା ପରେ।

ଦୀର୍ଘଶ୍ୱାସ ମାରି ଆଜି ଯେବେ
        ମଥା ରଖେ ତୋ ଛାତି ଉପରେ
ଭିନ୍ନ ସେଇ ମାତୃ ସ୍ପନ୍ଦନ
        ପଡ଼ିଯାଏ ମୋ ଏ କାନରେ।

ଶୁଣେ ପୁଣି ଆଶୀର୍ବାଦ ବାରି
        ଝରେ ତୋର ପ୍ରତିଟି କୋଷରେ
ସୁପ୍ତ ସେଇ କଳକଳ ନାଦ
        ସ୍ପଷ୍ଟ ଆଜି ମାଆ ହେଲା ପରେ।

ଶୁଭୁଥିଲା କଥା ତୋର କଟୁ
        ବଢ଼ୁଥିଲି ଯେବେ ତୋ କୋଳରେ
ଲାଗୁଥିଲା ବିପରୀତ ସବୁ
        ସେତେବେଳେ ସେଇ ବୟସରେ।

ସେଇ ଗାଳି, ନୀତି ଉପଦେଶ
ସହାୟକ ସଂସାର ପଥରେ
ତା' ମହତ୍ତ୍ୱ ଉପଲବ୍ଧି ସବୁ
ନିଜେ ଆଜି ମାଆ ହେଲା ପରେ ।

ଦିବାନିଶି କାନ ଡେରୁ ଆଜି
ଶୁଣିବାକୁ ଆମକୁ ତାରରେ
ଆନନ୍ଦରେ ତୋ ଆଖି ପିତୁଲା
ପ୍ରସାରିତ ଦେଖିଲେ ପାଖରେ ।

ସେଇ ତୋର ଉଲ୍କଣ୍ଠା ଉଦ୍‍ବେଗ
ପ୍ରବାହିତ ମାତା ଧମନୀରେ
କୋଟିନିଧ୍ ପିଲା ଉପସ୍ଥିତି
ଜାଣିଅଛି ମାଆ ହେଲା ପରେ ।

ଜନ୍ମ ପୂର୍ବେ ବାନ୍ଧିଥିଲୁ ଗର୍ଭେ
ଦଶମାସ ତୋ ନାଭି ରଜ୍ଜୁରେ
ଜନ୍ମ ପରେ ବାନ୍ଧି ରଖିଅଛୁ
ତୋର ସେଇ ପ୍ରେମର ଡୋରିରେ ।

ବଦଳୁଛି ମନ ଓ ମଣିଷ
ନିତିଦିନ ସମୟ ଜୁଆରେ
ବଦଳେନା କିନ୍ତୁ ମାଆ ମନ
ଅନୁଭୂତି ମାଆ ହେଲା ପରେ ।

•••

ଆଈର କୋଳ

ମୋ ଆଈ କୋଳ
ସରଗ ମୋର
ମୋ ପାଇଁ ଅଟେ ସେ ସୁରକ୍ଷା ଢାଲ
ଗାଲିଦେଲେ କିଏ
ଆଖ୍ ଲୁହ ପୋଛି
ଟାଣିନିଏ ସେ ତା' ଉଷ୍ମ କୋଳ।

ଆଈର କୋଳ
ସରଗ ମୋର
ଭୂତ, ଘଡ଼ଘଡ଼ି ମାଡ଼ିଲେ ଡର
ଧାଈଁ ଯାଇ ମୁହିଁ
ଆଈର କୋଳରେ
ଲୁଚାଏ ନିଜକୁ ଛାଡ଼ି ଡର।

ମୋ ଆଈ କୋଳ
ସରଗ ମୋର
ପଡ଼ିଲେ ମୁଁ ଝୁଣ୍ଟି ସାଉଁଟି ତା' କୋଳ
ଆଉଁସି ଦିଏ ସେ
ଅତି ସରାଗରେ
ଖେଳିଯାଏ ହସ ଓଠେ ମୋହର।

ଆଇର କୋଳ
ସରଗ ମୋର
ଶୁଆଇ କୋଳେ ସେ ବିଶ୍ୱଣା ବିଶ୍ୱ
ଖରାଦିନେ ମୋର
ଶୁଖାଏ ଝାଳ
ବୁଜି ହେଇଯାଏ ଆଖ୍ ମୋହର।

ଆଇର କୋଳ
ସରଗ ମୋର
ସବୁଠୁ ଉଷ୍ମ ଅତି କୋମଳ
ଶୀତୁଆ ରାତିରେ
ତା' ପଣତ ତଳେ
ନିଦ ଆସିଯାଏ ଅତି ଚଞ୍ଚଳ।

ମୋ ଆଇ କୋଳ
ସରଗ ମୋର
ବରଷାରେ ଭିଜି ଆସିଲେ ଘର
ତା' ପଣତେ ପୋଛି
କୋଳରେ ବସାଇ
ଚୁଲି ପାଖେ ଦିଏ ସେକ ନିଆଁର।

ଆଇର କୋଳ
ସରଗ ମୋର
ହେଲେ ଥଣ୍ଡା, କାଶ, ଟିକିଏ ଜ୍ୱର
ତା' କାନି ପଣତେ
ଘୋଡ଼ାଇ ସେ ମତେ
ମାଲିସ କରଇ ଉଷ୍ମ ତେଲ।

ମୋ ଆଇ କୋଳ
ଅଭୁଲା ମୋର
'ଅତୀତ' ଯେ ଆଜି ଅନେକ ଦୂର
ପ୍ରକୃଷ୍ଟିତ ହୁଏ
'ବର୍ତ୍ତମାନ' ଡାକେ
ନିଜକୁ କରେ ମୁଁ ଆବିଷ୍କାର।

•••

କଠୋର ସତ୍ୟ

କେଉଁଠାକୁ ଗଲ କେଉଁଠି ରହିଲ ଠିକଣା ତ ଦେଲ ନାହିଁ
କେଉଁଠି ଲୁଚିଛ ବାପା ହେ ଅବା ସ୍ୱପ୍ନରେ ଦିଅନ୍ତ କହି ।

ଅଜାଣତେ ମନେ କଷ୍ଟ ଦେଇଛୁ ସନ୍ତାନର ଦାବି ନେଇ
ଧାଇଁଯିବୁ ହେଲେ ଠିକଣା ଜାଗାକୁ କ୍ଷମା ପ୍ରାର୍ଥନା ପାଇଁ ।

ଶୟନେ, ସ୍ୱପନେ ଅବା ଜାଗରଣେ କଳ୍ପନା ନଥିଲା ମନେ
ନିଜ ହାତ ଗଢ଼ା ସଂସାରକୁ ନିଜେ ଛାଡ଼ି ଚାଲିଯିବ ଦିନେ ।

ପଢୁଥିଲୁ ଆମେ ଗୀତା, ଭାଗବତୁ ଜୀବନଟା ନୁହେଁ ସ୍ଥାୟୀ
ସାଧୁବାଣୀ ସଦା ହୁଅ ନାହିଁ ତମେ ମିଛ ପାଇଁ ତୁଚ୍ଛା ବାଇ ।

ଦେଖ ଆସୁଥିଲୁ ମହାନଦୀ କୂଳେ ତୁମ ଗଢ଼ା ଘରେ ଥାଇ
ବୁହା ହେଉଥିଲେ ପ୍ରତିଦିନ କିଏ 'ରାମନାମ' ଡାକ ନେଇ ।

ସୂଚାଉଥିଲା ସେ ଜୀବନ ରହସ୍ୟ ପ୍ରତିଟି ମୁହୂର୍ତ ପାଇଁ
କହୁଥିଲା ପୁଣି ତମ ପାଇଁ ଧନ ସମୟ ଆସୁଛି ଧାଇଁ ।

ଏ କଠୋର ସତ୍ୟ, ଏ କି ଅସମ୍ଭାଳ ବିଚିତ୍ର ସୃଷ୍ଟି ପ୍ରଭୁର
'ପିତୃହୀନ' ଆମେ ଗ୍ରହଣ କରିବା ଆଜି ଶୁଭେ ଭୟଙ୍କର ।

କରୁଥିଲୁ ଆମେ ଅଭିଯୋଗ କେତେ ନୀତି ଭଲମନ୍ଦ ନେଇ
ସତେ ଅବା ବାପା ରହିଥିବେ ସଦା ଆପଣି ଶୁଣିବା ପାଇଁ ।

ଏଇଟା ହେଲାନି ସେଇଟା ହେଲାନି ବାପାଙ୍କର ଏଟା ଦୋଷ
କେତେ ଧୈର୍ୟ୍ୟବାନ, କ୍ଷମାଶୀଳ ତମେ କରନି ଟିକିଏ ରୋଷ ।

ତମ ସଂସାରର କରୁଣା ଚିତ୍କାର ପଡୁନି କି ବାପା କାନେ
ନିଜେ ଅରଜିଲ କେମିତି ଭାଙ୍ଗିଲ ? ଛାଡ଼ିଗଲ ସବୁଦିନେ ।

ତମ ବିନା ବୋଉ ଶୁଣିକି ପାରନି କାନ୍ଦଇ ହୋଇ ବାତୁଲି
ତା' କଷ୍ଟ ସହନି ତା' ଲୁହ ଦେଖନି ରୁହ କେମିତି ସୟାଲି ?

ନିଜେ କଷ୍ଟ ନେଇ ରାଜାକୁ ତମର ଅଲିଅଳ କରିଥିଲ
ଆକସ୍ମିକ ଭାବେ ସବୁ ଭାର ଲଦି କେମିତି ଉଭେଇ ଗଲ ?

ଡାକୁଥିଲ କେତେ ପିଲାଙ୍କ ମଙ୍ଗଳ ଦିଅଁ ଦେବତାଙ୍କ ପାଖେ
ଜିତୁ, ଶିବୁ ତାଙ୍କ କୁଳେ ଲାଗିବାକୁ ଅପେକ୍ଷା କଲନି ଟିକେ।

ପଣ କଲ ପରା ପାଞ୍ଚ ଯୋଗ୍ୟ ଝିଆଁ ଦେଖିବ ନିଶ୍ଚୟ ତମେ
ଝିଅକି ନଥିଲି ବାପାଙ୍କର ମୁହିଁ ରିନା କାନ୍ଦେ ଅଭିମାନେ।

ତମ ପ୍ରାଣ ରାନୁ, ଝିନୁ, ରିତା, ରୁନୁ ଖୋଜନ୍ତି ବିକଳ ହେଇ
ବୋଉ ସାଙ୍ଗେ ଆଜି କାହାକୁ ଡାକିବୁ 'ବାପାବୋଉ' ଯୋଡ଼ି ନାହିଁ।

ଶ୍ରୀନୁ, ଶ୍ରୀନୁ ହେଇ ସଦା ପଛେ ଥିଲ ମୁହୂର୍ତ୍ତେ ଛାଡୁନଥିଲ
ତମ ଗେହ୍ଲା ନାତି ଘରେ ଖୋଜେ ନିତି କାହିଁ ବାପା ଛାଡ଼ିଗଲ ?

ଏ ସଂସାର ପାଇଁ ତମ ଏ ଜୀବନ ତିଳତିଳ ଗଲା ବିତି
ଯୋଗଜନ୍ମା ତମେ ପ୍ରଭୁର ସୁପୁତ୍ର ନେଇଗଲେ ତାଙ୍କ କଟି।

କେତେ ପୁଣ୍ୟ ବଳୁ ଜାତ ତମଠାରୁ ସାର୍ଥକ ଆମ ଏ ଜନ୍ମ
ଶିଖାଇଛ କେତେ ନୀତି ଶିକ୍ଷା ପୁଣି ସ୍ମରିବାକୁ ବିଭୁ ନାମ।

ଶ୍ରୀକୃଷ୍ଣ ବଚନ ସତ୍ୟ ପୁନର୍ଜନ୍ମ ଆଶ୍ୱାସନା ଆଣେ ମନେ
ଜନ୍ମ ମୃତ୍ୟୁ ପଥେ ରଣ ସୁଝିବାକୁ ଭେଟିବା ତ ନିଶ୍ଚେ ଦିନେ।

(ସେପ୍ଟେମ୍ବର, ୧୯୯୨ରେ
ଆମ ପୂଜ୍ୟ ପିତାଙ୍କ ତିରୋଧାନ ଉପଲକ୍ଷେ ଲିଖିତ)।

•••

ଚିଠି

ହସରୁ ଚେନାଏ ଝରାଇ ବାପା ହେ
    ଏ ଚିଠି ଲେଖୁଛି ମୁହିଁ
ନୀତି ଶିକ୍ଷା ତବ ଚିଠିର ପ୍ରାରମ୍ଭ
    (ସଦା) ପ୍ରଭୁଙ୍କୁ ପ୍ରଣତି ଦେଇ।

ସାକ୍ଷାତରେ ତମେ ବସିଛ ଶ୍ରୀପଦେ
    ସୁପୁତ୍ର ଆସନ ନେଇ
କୋଟି ଦଣ୍ଡବତ ଜଣାଇ ଜାଣିବ
    ଜଣାଉଛୁ ଏଠି ରହି।

ତବ କୁଶଳତା ଅବଶ୍ୟ ଧୃଷ୍ଟତା
    ପଚାରିବା ଆମ ଜାଣ
ଯେଉଁଠି ଅଛନ୍ତି ତମ ଦେହରକ୍ଷୀ
    ସ୍ୱୟଂ ପ୍ରଭୁ ନାରାୟଣ।

ଚାହୁଁ ଚାହୁଁ ଆସି ବରଷେ ବିତିଲା
    ମିଳିଲାନି ଦରଶନ
ପ୍ରଭୁ ପ୍ରେମ ଭରା ପବିତ୍ର ବନ୍ଧନ
    ଛାଡ଼ି କି ପାରୁନି ମନ ?

ଫେରିବ ବା କାହିଁ ସବୁ ସ୍ୱାର୍ଥ ଦେଇ
    କିବା ଥିଲା ଅବଦାନ
ସ୍ନେହ, ସେବା, ଯତ୍ନ, ଅନ୍ତତଃ ନିଷ୍ଠିତ
    ଊଣା ନାହିଁ ସେଠି ତମ।

ସମାଚାର ଏଠ ବୁଝୁଅଛ ସର୍ବେ
ମଣିହରା ସର୍ପ ପରି
ପରିତ୍ରାଣ ନାହିଁ ଈଶ୍ୱର ନିର୍ଦ୍ଦିଷ୍ଟ
ପଥଟି ନହେଲେ ପାରି।

ତବ ସଂସାରର ଭଗ୍ନ ରଥ କିନ୍ତୁ
ଯାଇନାହିଁ ଆଜି ରୋକି
ଈଶ୍ୱର ବିଶ୍ୱାସ ଟାଣୁଅଛି ସଦା
ସାରଥି ସ୍ଥାନରେ ବସି।

ଦମ୍ଭ, ସାହସ, ବଳ ଆଉ ଧୈର୍ଯ୍ୟ
ରଥଟିର ଚତୁଚକ
ଅବଶ୍ୟ ବିଶ୍ୱାସ ଆଶୀର୍ବାଦ ତବ
ଝରୁଛି ଅନବରତ।

ଆସନ୍ତ କି ଦେଖ୍ ତୁମ ପ୍ରାଣସଖୀ
ନିରବେ ଯାଇନି ରହି
ବଦ୍ଧପରିକର ଛାଡ଼ି ଯାଇଥବା
ଦାୟିତ୍ୱ ସମ୍ପନ୍ନ ପାଇଁ।

ଅବଶ୍ୟ ମନରେ ଅଭିମାନ ସଦା
'ଥିଲା ଦେଖାଣିଆ ପ୍ରେମ
ନହେଲେ କି ସିଏ ଛାଡ଼ି ଯାଇଥା'ନ୍ତେ
କାନ୍ଦିବାକୁ ବାକି ଦିନ।'

ଅର୍ଜିଥିଲ ତମେ କେତେ ସମ୍ବୋଧନ
ସ୍ୱାମୀ, ବାପା, ବନ୍ଧୁ, ଭାଇ,
ପିଉସା, ମଉସା, ମାମୁ ଓ ପୁତୁରା
ଶଳା, ସତୁ ଓ ଭିଣୋଇ।

ଛିଡ଼ିଗଲ ତୁମେ, ତୁଟିଲା ସମ୍ପର୍କ
ଝୁରନ୍ତି ଆପଣା ଲୋକ
ଭିଣୋଇର ସେଇ ମଧୁର ସମ୍ପର୍କ
ପ୍ରିୟ 'ସୁରଭାଇ' ଡାକ।

ଯେଉଁଠାରେ ଥାଅ ଊଣା ନ କରିବ
ତବ ସେଇ ଆଶୀର୍ବାଦ
ସଂସାର ଜଳଧି ପାରି ହେବା ପାଇଁ
ସେଇ ଏକା ଶକ୍ତ ନାବ।

ଆଶା, ପରଲୋକେ ସମସ୍ତେ ଭେଟିବା
ଶ୍ରୀପଦ ଚରଣେ ଯାଇ
ବାଛି ରଖିଥିବ ଉପଯୁକ୍ତ ସ୍ଥାନ
ଶ୍ରୀପ୍ରଭୁଙ୍କୁ ଟିକେ କହି।

ମନରେ ଶୋଚନା ଚିଠି ଲେଖେ ସିନା
ଉତ୍ତରରେ ନାହିଁ ଦାବି
କିନ୍ତୁ ମୋ ମିନତି ସମୟ ସାଉଁଟି
ସ୍ୱପ୍ନେ ଆସୁଥିବ ଦେଖି।

ଏତିକିରେ ଇତି କରୁଛି ମୋ ଚିଠି
ପାସୋରି ନଦେବ ମନୁ
ଭୂମିଷ୍ଟ ପ୍ରଣାମ ଜଣାଇ ରହୁଛି
ତୁମରି ଅଧମା ଝିନୁ।

(ଲେଖିକାଙ୍କ ପୂଜ୍ୟ ପିତାଙ୍କ
ପ୍ରଥମ ବାର୍ଷିକ ତିରୋଧାନ ଦିବସ ଉପଲକ୍ଷେ।)

•••

ଦ୍ୱନ୍ଦ୍ୱ

ପାଶ୍ଚାତ୍ୟ ମଞ୍ଚରେ
ଜନନୀର ଭୂମିକା ଜଟିଳ
ଦିବାନିଶି ମନରେ ମୋ ପ୍ରଶ୍ନ
ଏ ଅଭିନୟ ହେବଟି ସଫଳ ?

ଯୁଗୁଯୁଗୁ ପ୍ରାଚ୍ୟ ଓ ପାଶ୍ଚାତ୍ୟ
ଦର୍ଶନରେ ସଦା ମତାନ୍ତର
ଏକ ଧ୍ୱନି ଶାସନ ଶୃଙ୍ଖଳା
ଆନ ଖୋଜେ ଆଧିକ୍ୟ ସ୍ୱାତନ୍ତ୍ର୍ୟ ।

ଏକ ଧ୍ୱନି ସଂଯମଶୀଳତା
ସହିଷ୍ଣୁତା, ଧୀର ଓ ନମ୍ରତା
ପ୍ରଗତିର ପ୍ରତିବନ୍ଧକ ଏ
ଆନଟିର ଅଟ୍ଟହାସ୍ୟ ସଦା ।

'It's Friday night mom,
We need to get out
Weekdays we work so hard,
You know, it's time to hang out.

We have planned for a party
I will be back by twelve
Don't worry we will be in a group
Brian, Mellissa, Sean, Brie and Lauren.'

ଝିଅର ଯୋଜନା ଶୁଣି
ଗମ୍ଭୀରେ ମୁଁ ଦିଅଇ ମନ୍ତବ୍ୟ
'Twelve is too late, ମା
Why not ten o'clock?'

'No mom, why not? It's not fair
Curfew for all my friends
Is always after twelve o'clock.'

ନିକଟରେ ପାଖୁ ଚାଲିଯିବ
ସଂଗ୍ରାମିବ ବାହ୍ୟ ଦୁନିଆରେ
ଠିକ୍ ଭୁଲ୍ ଜାଣିଲାଣି ସିଏ
ସୁଯୋଗ କେ ନେବେନି ତାହାରେ ।

ଦୃଢ଼ିଭୂତ କରାଇ ନିଜକୁ
ମଙ୍ଗଳାଙ୍କୁ ଡାକେ ଆଖି ବୁଜି
ଦେଇଅଛି ନୀତି ଶିକ୍ଷା ଈଶ୍ୱର ବିଶ୍ୱାସ
ହସି ମୁହଁ ଦିଅଇ ସମ୍ମତି ।

ବିଦ୍ୟାଳୟୁ ଫେରି ମୋ କନିଷ୍ଠା
ଖେଳିବାକୁ ଅନୁମତି ମାଗେ
ଦୁଆରେ ମୁଁ ଦେଖେ ଉପସ୍ଥିତ
ଝିଅ ପୁଅ ସାଙ୍ଗ ସାଥ କେତେ ।

ଦେଖି ତାର ସରଳିଆ ମୁହଁ
ଉହାଡ଼େ ମୁଁ କହଇ ଆକଟି
'There are so many girls,
Why do you need boys to play with?'

'You are mean....'
ଫୁଲି କହେ ଝିଅ ଅଭିମାନେ
ଶତାଧିକ ବାର ନିଷ୍ଠିତରେ
ଶୁଣୁଥିବେ ପ୍ରାଚ୍ୟ ମାଆ ମାନେ ।

'How?', 'why?', ପ୍ରଶ୍ନର ବାଣରେ
ମର୍ମାହତ ସଦା ପିତାମାତା
ଆମ ପାଇଁ ପ୍ରତ୍ୟୁଉର ସିଏ
ସେମାନଙ୍କୁ ଉଉର (ନ୍ୟାୟସଙ୍ଗତ)ର ଲୋଡ଼ା ।

ଭାସିଯାଏ ଅତୀତର ସ୍ମୃତି
ପ୍ରଦର୍ଶନେ ମାତାର ଭୂମିକା
ପ୍ରାଚ୍ୟ ମଞ୍ଚେ କୁମାରୀର ଖେଳ
ନୈତିକ ଓ ମାନସିକ ଶିକ୍ଷା ।

ଆଗ୍ରହ ଓ ଉସ୍ସାହ ସହିତ
ଆଲୋଚନା ଶୁଣେ ଅଭିଭଞ୍ଜକ
ବ୍ୟକ୍ତିତ୍ୱର ପରିପୃଷ୍ଟି ପାଇଁ
ସ୍ୱାଧୀନତା ହୁଏ ଆବଶ୍ୟକ ।

ଜୀବନର ନିର୍ଦ୍ଦିଷ୍ଟ ବୟସେ
ଶୁଣେ ପୁଣି ଅନ୍ୟର ମନ୍ତବ୍ୟ
ନିରାପଦ ଭବିଷ୍ୟତ ପାଇଁ
କଟକଣା ଅବଶ୍ୟ ନିଷ୍ଟିତ ।

କେତେ ଦୂର କାର୍ଯ୍ୟକାରୀ ଅବା
ନୀତି ଶିକ୍ଷା ସେ ଚିରାଚରିତ
Aggressiveness ଅବଶ୍ୟ ଜରୁରୀ
ପୁରୁଷଙ୍କ ହେଲେ ସମକକ୍ଷ ।

ପ୍ରତିକ୍ଷଣ ମଞ୍ଚରେ ସଂଗ୍ରାମ
ଭୂମିକା ଏ ଅତୀବ ଜଟିଳ
ସୁମାର୍ଗ ତ କରୁଛି ଶରଣ ?
ଅହର୍ନିଶ ମନରେ ମୋ ଦ୍ବନ୍ଦ୍ ।

କଷ୍ଟକର ହେଉ ଏ ଭୂମିକା
ପରିଶ୍ରମ କରିବି ଆପ୍ରାଣ
ସର୍ବୋକ୍ତୃଷ୍ଟ ପୁରସ୍କାର ମୋର
ସଫଳତା ଶେଷ ପରିଣାମ ।

•••

ଅନନ୍ୟ ପ୍ରେମ

କାଲି ପରି ଲାଗେ ଆଜି ତୋ'ର
ଆବିର୍ଭାବ ଏଇ ଦୁନିଆରେ
ବେଦନାର ଉପଶମ ହୁଏ
କୁଆଁକୁଆଁ ସେଇ ତୋ ରାବରେ ।

ଦେଇଥିଲୁ ମାତୃତ୍ବ ଗୌରବ
କରିଥିଲୁ ସ୍ବପ୍ନ ମୋ ସାର୍ଥକ
ଟାଣିଥିଲୁ ପ୍ରତୀକ୍ଷାର ଗାର
ନଅମାସ ଅତିକ୍ରମ ପରେ ।

ଆଲିଙ୍ଗନ କରିଥିଲି ତତେ
ପୁଲକିତ ମାତୃତ୍ବ ପ୍ରେମରେ
ଆଙ୍କିଥିଲି ଅସଂଖ୍ୟ ଚୁମ୍ବନ
ସେଇ ଘନ କୁଞ୍ଚିତ କେଶରେ ।

ଦେଖୁଥିଲି କେତେ ଦିବା ସ୍ବପ୍ନ
ବଢ଼େଇବି ଆଦର୍ଶ ରୀତିରେ
ଢାଲିଦେବି ସ୍ନେହ ଗଙ୍ଗାଘର
ମୋର ଗେହ୍ଲୀ ଧନୀର ଉପରେ ।

ଶୈଶବର ଅଳି ଓ ଅଭଟ
କୈଶୋରର ଦାବି, ଅଭିମାନ
ବିତିଗଲା ଅଠରଟି ବର୍ଷ
ଚାହୁଁଚାହୁଁ ଆଖି ପିଛୁଲାକେ ।

ଶୃଙ୍ଖଳା ଓ ମମତା ସଂଘର୍ଷେ
ଜନନୀର କର୍ତ୍ତବ୍ୟ ପାଳନେ
ଭଲମନ୍ଦ କେତେ ଅନୁଭୂତି
ସାଇତିଛି ସ୍ମୃତିର ଗହ୍ବରେ।

ଜନ୍ମଦାତ୍ରୀ ଶାରୀରିକ କ୍ଲେଶ
ବିସ୍ମରଣୀୟ ଆଜି ସବୁ ସତେ
କୁରୁଳି ଉଠେ ମୋ ମନ ପ୍ରାଣ
ଦେଖି ତତେ ସାବାଳିକା ରୂପେ।

ମନେ କିନ୍ତୁ ମିଶା ଅନୁଭୂତି
ନିରବତା ଘୋଟେ ଚଉଦିଗେ
ତୋ ବିହୁନେ ସମସ୍ତ ନିଷ୍ଫଳ
ଛାଡ଼ିଯିବୁ ଶୂନ୍ୟ କରି ମତେ।

ଦେଇ ନିତି ମଥାରେ ଚୁମ୍ବନ
ଘୋଡ଼ି ତତେ ଆବରଣ ତଳେ
ନେଉଥିଲି ଅବସର ମୁହିଁ
ଦିବସର ଅବଶେଷ କାଳେ।

ଆଜି ତୋର ତତ୍ତ୍ୱାବଧାରକ
ଜନନୀଠୁଁ ଉଚ ଯେ ଜଗତେ
ରଖ୍ଥିବେ ସଦା ନିତି ଢାଙ୍କି
ଆଶୀର୍ବାଦ ଆବରଣେ ତତେ।

ଛାଡ଼ିବୁ ମା' ପିତାମାତା ନୀଡ଼
ପାଦ ଦେବୁ ବାହ୍ୟ ଦୁନିଆରେ
ରଖ୍ଥିଲେ ମନେ ଈଶ୍ୱରଙ୍କୁ
ଡୁବିବୁନି ସଂଗ୍ରାମ ଢେଉରେ ।

ସମୟର ଉପସ୍ଥିତି ଆଜି
ଜିତିବାକୁ ଜୀବନ ଯୁଦ୍ଧରେ
ବାଲ୍ୟକାଳୁ ଅର୍ଜିଅଛୁ ଯାହା
ଅସ୍ତ୍ର ପରି କାମ ଦେବ ତୋରେ ।

ନୈତିକତା, ଈଶ୍ୱର ବିଶ୍ୱାସ
ମନୋବଳ, ଦୃଢ଼ତା, ସାହସ
ଛାଡ଼ିବୁନି କେବେହେଲେ ମନୁ
ପରିସ୍ଥିତି ନେଉ ଯେଉଁଆଡ଼େ ।

ଯେଉଁଠାରେ ଥାଆ ମା' ତୁହି
ଯେବେ ବଡ଼ ହୁଅ ଦୁନିଆରେ
ଆଶୀର୍ବାଦ ଏ ଅନନ୍ୟ ପ୍ରେମ
ଅସରନ୍ତି ମାଆ ଭଣ୍ଡାରେ ।

(ଲେଖିକାଙ୍କ ବଡ଼ଝିଅର ହାଇସ୍କୁଲ ଗ୍ରାଜୁଏସନ ଉପଲକ୍ଷେ) ।

•••

ବିଶ୍ଳେଷଣ

ମୁହୂର୍ତ୍କ ଉଚ୍ଚାରଣ ରୌପ୍ୟ ଏ ବିବାହ ଜୟନ୍ତୀ
ଶୁଭେ ସଦା ସରଳ ସୁଗମ
ଲାଗେ ଅବା ଛୁଇଁ ନାହିଁ ଦାମ୍ପତ୍ୟ ଦାବାଗ୍ନି
ଏ ମନର ବନ ଉପବନ ।

ଯେଉଁ ଆଶା, ସ୍ୱପ୍ନ ଦିନେ ସ୍ୱାଗତ କରିଥାଏ
ଅନାଗତ ସେ ଯୁଗ୍ମ ଜୀବନ
ଯାଇଥାଏ କେତେ ଝଡ଼ ଦାମ୍ପତ୍ୟର ଉପବନେ
ସାକ୍ଷୀ ଏକା ସେଇ ଦୁଇ ମନ ।

ଅଜଣା ଜୀବନ ସାଥୀ ଦୁଇଟି ଭିନ୍ନ ପ୍ରକୃତି
ଯୋଡ଼ିଦିଏ ବେଦୀସ୍ଥ ବ୍ରାହ୍ମଣ
ବନ୍ଧୁର ସେ ଦୀର୍ଘ ପଥେ ସମନ୍ୱୟ ସାଧନରେ
କ୍ରମାଗତ ସର୍ବଦା ଉଦ୍ୟମ ।

ପ୍ରାଚ୍ୟରେ ପ୍ରତିପାଳନ ସରଳ ବାତାବରଣ
ତରୁଣୀର ସ୍ୱପ୍ନ ଗଣ୍ଡିହୀନ
ହେଇଥିବ ସେ ତା' ସାଥୀ କ୍ଷମାଶୀଳ, ମିଷ୍ଟଭାଷୀ
ଚିହ୍ନୁଥିବ ସଦା ତା'ର ମନ ।

ନାରୀ ଯେ ଭାବପ୍ରବଣ ପୁରୁଷ ବାସ୍ତବବାଦୀ
ଦୁହିଁଙ୍କର ବିପରୀତ ଧର୍ମ
ଜଣଙ୍କ ଅନ୍ତର କୋହ ଉତ୍ତର ତା' ଆଖି ଲୁହ
ଅନ୍ୟ ପାଇଁ ତାହା ମୂଲ୍ୟହୀନ ।

'ହେଇଥିଲେ ହେଇଥାନ୍ତା' ମନରେ ଅକାଟ୍ୟ ଚିନ୍ତା
ଚାଲିରହେ ଜୀବନ ସଂଗ୍ରାମ
ବିରୋଧ, ପ୍ରଭେଦ ସତ୍ତ୍ୱେ କାୟା ଆଉ ଛାୟା ସମ
ଦୁହେଁ ଦୁହିଁଙ୍କ ଠାରୁ ଅଭିନ୍ନ ।

ନିର୍ବ୍ୟୁତା, ନିର୍ଭରତା, କ୍ଷମା, ଧୈର୍ଯ୍ୟ, ସହିଷ୍ଣୁତା
ବାନ୍ଧିରଖେ ବିବାହ ବନ୍ଧନ
ଦେଖେଇବା ପ୍ରତିଶ୍ରୁତି ଦେଇ ପାଇବାର ନୀତି
ନୁହେଁ ଏଇ ସମ୍ପର୍କ ମାଧ୍ୟମ ।

ଯୁଗଳ ଜୀବନ ରଥ ଗଡ଼ୁଥାଏ ଅବିରତ
ପଥ ହୁଏ ଦିନୁଦିନୁ ଶୀର୍ଷ
ଦୀର୍ଘପଥ ଅଭିଜ୍ଞତା ବୟସ ପରିପକ୍ୱତା
ଯୁଗ୍ମ ଫାଙ୍କ କ୍ରମଶଃ ସଂକୀର୍ଣ୍ଣ ।

ନିଜେ ରହେ ସାକ୍ଷୀ ନିଜ ବିବେକ ତା' ବିଚାରକ
ସଂଶୋଧକ ନିଜର ତା' ମନ
'ବିଜୟ'ର ଦିଏ ରାୟ ସମୟ ବିଚାରାଳୟ
ସମସ୍ୟାର ହୁଏ ସମାଧାନ ।

ପ୍ରତୀୟମାନ ବିବାହ ଦୁଇ ବ୍ୟକ୍ତି ଅଭିନୟ
ସ୍ୱଜୀବନ କଲେ ବିଶ୍ଳେଷଣ
ଯୁକ୍ତି, ତର୍କ, ଅଭିମାନ, ରାଗ, ରୁଷା, ପ୍ରୀତି,
ନାଟକଟି ସବୁର ମିଶ୍ରଣ ।

•••

ଅତିଲିପ୍ସା

ସ୍ମୃତିର ଝରକା ଫାଙ୍କୁ ସୁଦୀର୍ଘ ସର୍ପିଳ ପଥ
ଦିଶେ ଆଜି ପରିଷ୍କାର ଉଜ୍ଜ୍ୱଳ ଅତୀବ
ଶକ୍ତ ଏଇ ମନ ଚକ୍ଷୁ ବାଧାହୀନ ଦୃଷ୍ଟି ଶକ୍ତି
ଦିଶିଯାଏ ଜନନୀର ଗତାୟୁ ଅତୀତ।

ପ୍ରଖର ଜୀବନ ସ୍ରୋତ ପ୍ରବାହିତ ଅବିରତ
ବୋହିଗଲା ପଲକରେ ଅଠରଟି ବର୍ଷ
ଶିହରଣ ଲୋମ କୂପେ ଚିର ଆର୍ଦ୍ର ଅନୁଭୂତି
ଭିଜିଅଛି ସ୍ତରସ୍ତର କୋଷ ପ୍ରତିକୋଷ।

ସହିଛି ଗର୍ଭ ଯନ୍ତ୍ରଣା ଗଡ଼ିଛି ଆନନ୍ଦ ଅଶ୍ରୁ
ଉଦ୍‌ବେଗ, ଉଦ୍‌ୟାପନା, ଆଶଙ୍କା, ଉଲ୍ଲାସ
ଅଧୀର ଓ ଅଭିଭୂତ, ଗର୍ବ, କ୍ଷୁବ୍ଧ, ଧୈର୍ଯ୍ୟଚ୍ୟୁତ
ଯାଇଛି କେତେ ସେ ଆଶା, ନିରାଶା, ସନ୍ତୋଷ।

ଜଠରେ ଦଶ ମାସ ପୁଣି ଅଷ୍ଟାଦଶ ବର୍ଷ
ମାତା ବିନା ଅସମ୍ଭବ ପଥ ଅତିକ୍ରମ
ଶ୍ରେୟସ୍କର ଏ ଭୂମିକା। ଯଦିବା ସ୍ୱୀକୃତି ସ୍ୱଚ୍ଛ
ଅନନ୍ୟ, ଅତୁଳନୀୟ ନିଷ୍ଠା, ତ୍ୟାଗ, ପ୍ରେମ।

ଅତିଲିପ୍ତ ଏ ଭୂମିକା ବିସ୍ମରଣ ଅସମ୍ଭବ
ଏ ଶରୀରରେ ଥିବା ଯାଏ ଅନ୍ତିମ ନିଃଶ୍ୱାସ
ବାସ୍ତବ କଳ୍ପନାତୀତ ନିଜେ ତା' ପ୍ରତିପାଳକ
ମାତାର ସମ୍ମୁଖେ ଆଜି ତା' ସୃଷ୍ଟ ମଣିଷ ।

ଆଶା, ପକ୍ଷ ତା'ର ଶକ୍ତ ପରିପକ୍ୱ ତା' ବୟସ
ଜନ୍ମ ନୀଡ଼ ଛାଡ଼ିବାକୁ ଅବଶ୍ୟ ପ୍ରସ୍ତୁତ
ମାତା ମନେ ଶଙ୍କା ଆଜି ବିଜୁଳି ଏ ଘଡ଼ଘଡ଼ି
ଯୁଝିବାକୁ ଅଛି ତ ତା' ଯଥେଷ୍ଟ ସାହସ ?

ଆସେ ମିଶ୍ର ଅନୁଭୂତି ଆସୁଛି କର୍ତ୍ତବ୍ୟ ସରି
କରିଛି ନୈତିକ ମର୍ଦ୍ଦନ ଶରୀରେ ଅଶେଷ
ସତରେ ଡେଣା ବଳିଷ୍ଠ ସହିବ ତୋଫାନ ଝଡ଼
ନିରାପଦେ ଲଂଘିଯିବ ଜୀବନ ଆକାଶ ?

ପ୍ରାରମ୍ଭରୁ ଏକାଗ୍ରତା ସ୍ୱପ୍ନ ସଦା ସଫଳତା
କଷ୍ଟସାଧ୍ୟ ପାଣ୍ଡାତ୍ୟରେ ଦାୟିତ୍ୱ ମାତାର
ଅଖଣ୍ଡ ଚରମ ଚେଷ୍ଟା (ମୋ) ମାତୃଭୂମି ମାତାଶିକ୍ଷା
ସନ୍ତାନରେ କରିବାକୁ ସଦା ହସ୍ତାନ୍ତର ।

ନୈତିକତା ଅଳଙ୍କାରେ ଦ୍ୱିଗୁଣ ବର୍ଦ୍ଧିତ ଶୋଭା
ଶୁଣାଇଛି କାନେ କାନେ ପ୍ରତିଟି ମୁହୂର୍ତ୍ତ
ସମୟର ଉପଗତ ବାସ୍ତବତାର ସମ୍ମୁଖ
ପିନ୍ଧିବା ବା ନପିନ୍ଧିବା ଆଜି ତା ଆୟତ୍ତ ।

ସନ୍ତାନର ଉପସ୍ଥିତି ମାତା ପାଇଁ ଆଶ୍ୱାସନା
ଦୃଷ୍ଟିର ଅନ୍ତରାଳେ ଚିନ୍ତା ବିସ୍ତାରିତ
ମନ ପ୍ରାଣ ତା' ଜଡ଼ିତ ଦିବାନିଶି ସନ୍ତାନରେ
ବ୍ୟସ୍ତତା, ଉଦ୍‍ବିଗ୍ନତା ତା' ମାତୃ ସୁଲଭ ।

ଜୀବନ ସଂଗ୍ରାମେ ଏକା କରିବ ନିଶ୍ଚିତ ରକ୍ଷା
ଅଦୃଶ୍ୟର ଶୁଭଦୃଷ୍ଟି, କୃପା ଓ ଆଶିଷ
କାଢ଼ିବନି ଆଶା ମୋର ସୟତ୍ନେ ସେ ମାତା ପିନ୍ଧା
ଅମୂଲ୍ୟ ରକ୍ଷାକବଚ ଈଶ୍ୱର ବିଶ୍ୱାସ ।

(ଲେଖିକାଙ୍କ ସାନ ଝିଅର ହାଇସ୍କୁଲ ଗ୍ରାଜୁଏସନ ଉପଲକ୍ଷେ ଲିଖିତ)

•••

ଅନ୍ତର୍ଦୃଷ୍ଟି

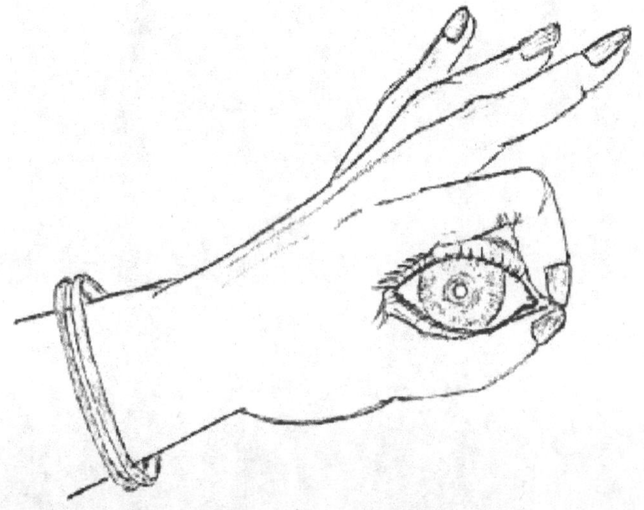

ସୃଷ୍ଟିର ନଗ୍ନ ସତ୍ୟତା ଉପରେ ଆଧାରିତ ଏଇ ବିଭାଗ 'ଅନ୍ତର୍ଦୃଷ୍ଟି'।
ସାଧାରଣ ମାନବ ଚକ୍ଷୁରେ ଯାହା କିଛି ଦୃଶ୍ୟ ତାହା ଏକ କୁହୁକ ଜାଲର
ଆବରଣ ମାତ୍ର!! ଯାଦୁକରର ଯାଦୁଖେଳ ପରି ଅନିତ୍ୟ, ଅସାର, କ୍ଷଣସ୍ଥାୟୀ।
ସେଇ ଅନିତ୍ୟତାର ଦୃଷ୍ଟାନ୍ତ ନିତିଦିନ ଦେଖିବାକୁ ମିଳିଲେ ବି ମଣିଷ
ଦେଖି, ଶୁଣି, ଜାଣି, ପୁଣି ଅଜଣା।

ଜୀବନ ରହସ୍ୟ

ଚମକ୍କାର ତବ ସୃଷ୍ଟିରେ ପ୍ରଭୁ
ନିହିତ କଠୋର ସତ୍ୟ
ଏଇ ଥିଲା ଏବେ ନାହିଁ ଆଉ ଭବେ
ଏ କି ଜୀବନ ରହସ୍ୟ ?

ଧନ, ଜନ, ଯଶ, ସ୍ୱାସ୍ଥ୍ୟ ଓ ସୌନ୍ଦର୍ଯ୍ୟ
ତୁମରି କ୍ଷଣିକ ଦାନ
ସର୍ବ କ୍ଷଣସ୍ଥାୟୀ ଦେଖି ବି ଅସ୍ୱସ୍ତ
ଚକ୍ଷୁରେ ପରଳ ଆମ ।

ଦେଶରୁ ନିକଟେ ଫେରିଲି ମୁଁ ନେଇ
ଅନୁଭୂତି ଥିଲା ଭିନ୍ନ
ଆନନ୍ଦ, ଉଲ୍ଲାସ, ପୁଣି ଦୁଃଖ, ଶୋକ
ଆର୍ଦ୍ର କରିଥିଲା ପ୍ରାଣ ।

କା' ଘରେ ଭାସଇ ଆନନ୍ଦ ଜୁଆର
ଶୁଣି କୁଆଁକୁଆଁ ରାବ
ଶିଶୁ ପୁତ୍ର ସେ ଯେ ଜନମ ଲଭିଛି
ଭବିଷ୍ୟତର ଦାୟାଦ ।

କା' ଘରେ ବାଜଇ ଶଙ୍ଖ, ସାହାନାଇ
ବିବାହର ଆୟୋଜନ
ହସ, କୋଲାହଲ ଆତସବାଜିରେ
ଅତଡ଼ା ପଡ଼ୁଛି କାନ ।

ଶୁଭଇ କା' ଘରେ ବ୍ୟସ୍ତତା ପ୍ରଳାପ
କର୍କଟ ରୋଗ ଯନ୍ତ୍ରଣା
କିଏ ଲୋଟିଅଛି ପକ୍ଷାଘାତ ରୋଗେ
ଲୋଡ଼େ ବିଭୁଙ୍କ କରୁଣା ।

କିଏ କୁହେ, 'ସ୍ପୃହା ନାହିଁ ଏ ଜୀବନେ
ବାର୍ଦ୍ଧକ୍ୟ ଯେ ବଡ଼ କଷ୍ଟ
ଦିଶୁନି, ଶୁଭୁନି ହେ ଗୁରୁଦେବ
ନିଅ ତୁମରି ନିକଟ ।'

କିଏ ପୁଣି କୁହେ କରୁଣ ସ୍ୱରରେ
'ଦାଦା ଚାଲିଗଲେ ଝିଅ
ବୃଦ୍ଧା ଅବସ୍ଥାରେ ଏକା କରିଗଲେ
କେମିତି ରହିବି କୁହ ?'

କେଉଁଠାରେ ଶୁଭେ ଡଙ୍ଗା ଲେଉଟିଛି
ମର୍ମନ୍ତୁଦ ଦୁର୍ଘଟଣା
ପିକ୍‌ନିକ୍ ପୁଣି ହେଲା କା'ର କାଳ
ଭାଗ୍ୟର ବିଡ଼ମ୍ବନା ।

ସ୍ୱନେତ୍ରେ ଦେଖିଲି ମୃତପିଣ୍ଡ ଧାଡ଼ି
ବୁହା ନେଇ 'ରାମନାମ'
ହାଡ଼, ମାଂସ, ରକ୍ତ ଶରୀର ସମ୍ପର୍କ
ଏଇ ଶେଷ ପରିଣାମ ।

ଜରା, ରୋଗ, ଶୋକ ଦେଖ୍ ଦିନେ ମାୟା
ତେଜିଥିଲେ ଗଉତମ
ଭେଦେ ମୋ ଅନ୍ତର ସୃଷ୍ଟି ବାସ୍ତବତା
ବିବ୍ରତ କରଇ ମନ ।

ଜୀବନର ମାର୍ଗ ଦର୍ଶାଅ ହେ ପ୍ରଭୁ
ମାୟାର ପରଲ ଟେକି
ଷଡ୍‌ରିପୁ ଧ୍ୱଂସି ଶୁଦ୍ଧ କର ମତି
ଜୀବନ ଅଛି ଯା ବାକି ।

୨୦୧୪ ମସିହାରେ ଓଡ଼ିଶାଗ୍ରସ୍ତ ଲେଖିକାଙ୍କ ପାଇଁ ଅବିସ୍ମରଣୀୟ ।
ସମସମୟରେ ଜୀବନର ପ୍ରତ୍ୟେକଟି ସୋପାନ ଜନ୍ମ, ବିବାହ, ଜରା,
ବ୍ୟାଧ୍ୟ, ମୃତ୍ୟୁ ଓ ତା’ ସାଙ୍କୁ ଏକ ମର୍ମନ୍ତୁଦ ଦୁର୍ଘଟଣା... ଗୋଟିକ ପରେ
ଗୋଟିଏ ଚିତ୍ରବତ୍ ସମ୍ମୁଖରେ ଘଟିଗଲା । ପିକ୍‌ନିକ୍ ସାରି ମହାନଦୀ ଦେଇ
ଫେରିବା ସମୟରେ ଡଙ୍ଗା ଲେଉଟି ପ୍ରାୟ ଶତାଧିକ ସମ୍ବଲପୁର ବାସିନ୍ଦା
ସଲିଲ ସମାଧି ପାଇଥିଲେ । ମୃତ ଶରୀର ସବୁକୁ ଧାଡ଼ି ବାନ୍ଧି ଶ୍ମଶାନକୁ ବୁହା
ହେବାର କରୁଣ ଦୃଶ୍ୟ ଲେଖିକାଙ୍କ ପାଇଁ ଖୁବ୍ ଯନ୍ତ୍ରଣା ଦାୟକ ଥିଲା ।
ସେହି ଓଡ଼ିଶାଗ୍ରସ୍ତର ଅନୁଭୂତିକୁ ନେଇ ଏହି ଲେଖା ‘ଜୀବନ ରହସ୍ୟ’ ।

# ଏକ ଭିନ୍ନ ପାଣ୍ଡୁଲିପି

ଚିରେନି ସେ ପାଣ୍ଡୁଲିପି ପୃଷ୍ଠା
ପଡ଼େନି ସେ ସ୍ୟାହି କେବେ ଫିକା
ପଢ଼ିବାକୁ ଅକ୍ଷର ମାଲାକୁ
ଲୋଡ଼ା ନାହିଁ ଆଲୋକର ଶିଖା।

ଲୋଡ଼ା ନାହିଁ ଅବା ଦୃଷ୍ଟି ଶକ୍ତି
ସମୟ କି ସ୍ଥାନ ପ୍ରୟୋଜନ
ଦୃଶ୍ୟ ପରେ ଦୃଶ୍ୟ ଭାସିଯାଏ
କ୍ଷଣିକ ଏ ମନ ହେଲେ ଶୂନ୍ୟ।

ଭିନ୍ନ ଅଟେ ସେଇ ପାଣ୍ଡୁଲିପି
ଅଦୃଶ୍ୟ ନିହାଣେ ଖୋଦିତ
କାହାଣୀ ଯେ ସାରା ଜୀବନର
ମନଶିଳା ସଦା ଉଦ୍ଭାସିତ।

ଭାସିଆସେ ସ୍ମୃତିର ଗହ୍ୱରୁ
ସ୍ୱର ସେହି ଅତି ପରିଚିତ
ମନେହୁଏ ସେ କ୍ଷଣିକ ପାଇଁ
ଅତୀତ ବା ପୁନର୍ଜୀବିତ।

ଅତୀତର ନିଜ ଅଭିନୟ
ପ୍ରଦର୍ଶନ ତା' ମନ ମଞ୍ଚରେ
ଦେଖି ପୁଣି ଗତାୟୁ ଅତୀତ
ଡୁବାଏ ସେ ନିଜକୁ ଭାବରେ।

କେତେବେଳେ ହସେ ପୁଣି କାନ୍ଦେ
କେତେବେଳେ ହୁଏ ପୁଲକିତ
କେତେବେଳେ ଅବା ଅଭିମାନ
କେତେବେଳେ ହୁଏ ଅନୁତପ୍ତ ।

କେତେବେଳେ ଅତୀତକୁ ନେଇ
କରେ ନିଜ ଆସ୍ ପଠନ
ଲୁହପୋଛି ହୁଅଇ କୃତଜ୍ଞ
ଯାହାକି ସେ ପାଇଅଛି ଦାନ ।

ସ୍ମୃତି ସେ ଯେ ନିତ୍ୟ ସହଚର
ସଙ୍ଗହୀନ ପାଇଁ ଅଟେ ସଙ୍ଗୀ
ବଞ୍ଚିବାକୁ ଦେଖାଏ ସେ ରାହା
ଯୋଗାଏ ସେ ମାନସିକ ଶକ୍ତି ।

ଅତୀତର ସ୍ମୃତି ସ୍ତୂପ ପରେ
ଭବିଷ୍ୟତ ପାଇଁ କି ପ୍ରସ୍ତୁତି
ଅପୂର୍ବ ଏ ଦାନ ମାନବକୁ
ଅମଳିନ ଏଇ ପାଣ୍ଡୁଲିପି ।

ନିକଟ ଅତୀତରେ ଭୟାନକ କୋଭିଡ୍‍-୧୯ରେ ଅକସ୍ମାତ୍ ସ୍ୱାମୀଙ୍କୁ
ହରାଇ ଲେଖିକାଙ୍କ ପ୍ରିୟମାଣ ସାନ ଭଉଣୀଟି ବିଗତ ଦିନର
ଅଭୁଲା ସ୍ମୃତିକୁ ପାଥେୟ କରି ଜୀବନ ରାସ୍ତାରେ ଆଗେଇ ଚାଲିଛି ।
ସ୍ମୃତି ଆଜି ତା' ପାଇଁ ସବୁଠାରୁ ଅନ୍ତରଙ୍ଗ । ତାହାରି ଉପରେ
ଆଧାରିତ 'ପାଣ୍ଡୁଲିପି' ।

•••

ଚେତାବନୀ

ଖସିଲେଣି ବତା ଓ ବାଉଁଶ
ବନ୍ଧା ଥିଲା ସେ ଶକ୍ତ ଗଣ୍ଠିରେ
ଏ ଶରୀର ରଥର ଦଉଡ଼ି
ପାପରା ସେ ରଥ ଟାଣିବାରେ ।

ନୂଆ ନୂଆ ରଥର ଗହଳି
ପରସ୍ପର ଦଳା ଚକଟାରେ
ଛାଡ଼ିବାକୁ ହେବ ଏଇ ରାସ୍ତା
ପ୍ରୟୋଜନ ନାହିଁ ଏ ରଥରେ ।

ଅତିକ୍ରମ ବର୍ଷ ପରେ ବର୍ଷ
ମାପ ଖୁଣ୍ଟ ଅଦୃଶ୍ୟ ପଥରେ
କମି କମି ଆସୁଅଛି ଯାତ୍ରା
ଲକ୍ଷ୍ୟସ୍ଥଳ ନାହିଁ ବେଶି ଦୂରେ ।

ଥକାମାରି ଲେଉଟି ପଛୁଆ
ଦେଖେ ଯେବେ ମନର ଦୃଷ୍ଟିରେ
ଝାପ୍‌ସା ଦିଶେ ବାଲ୍ୟ, କୈଶୋର ଓ
ଯୌବନକୁ ଦୂର ଅତୀତରେ ।

ଗଡ଼ୁଥିଲା ଯେବେ ଏ ରଥଟି
'ବାଲ୍ୟକାଳ' ଥିବା ଇଲାକାରେ
ଅନିନ୍ଦ୍ୟ, ବିଶୁଦ୍ଧତା ଲେପ
ଛାଇଥିଲା ନୂତନ ସୃଷ୍ଟିରେ ।

ଅଜ୍ଞାତରେ ଘ୍ରାଣେନ୍ଦ୍ରିୟ ଆଜି
ସଜୀବ ସେ ସଦ୍ୟ ବାସନାରେ
ଅକପଟକ, ସୁକୋମଳ ମନ
ଭିଜିଥିଲା 'ପ୍ରାତଃ' କିରଣରେ।

ଧୀରେ ଧୀରେ ଗତି କଲା ରଥ
ପହଞ୍ଚିଲା 'କୈଶୋର' ସୀମାରେ
ପ୍ରଜାପତି ଧରିବାକୁ ସିଏ
ଧାଉଁଥିଲା ଚପଳ ମନରେ।

ଛୁଇଁ ଛୁଇଁ ଆସୁଥିଲା ମନ
କୌତୂହଳୀ ସବୁ ଜାଣିବାରେ
ମସୃଣ ଏ ଥିଲା ସେଇ ପଥ
ଜୁଡୁବୁଡୁ 'ସକାଳ' ରଶ୍ମୀରେ।

ସକ୍ରିୟତା ଅନୁଭବେ ରଥ
ପହଞ୍ଚ ସେ 'ଯୌବନ' କିନାରେ
ଦେହେ, ମନେ ଅଜଣା ପୁଲକ
ଭରା ଶକ୍ତି, ତେଜ ଓ ଫୁର୍ତ୍ତିରେ।

ଆଶାବାଦୀ ଅଦମ୍ୟ ଲାଲସା
ବେପରୁଆ ସେ ବାଧା, ବିଘ୍ନରେ
ସ୍ୱପ୍ନ ଭରା ଥିଲା ସେଇ ରାସ୍ତା
ଉଜ୍ଜ୍ୱଳିତ 'ମଧ୍ୟାହ୍ନ' ତେଜରେ।

ଆଶା, ସ୍ୱପ୍ନ, କର୍ତ୍ତବ୍ୟ ପୂରଣେ
ଗଡ଼ିଗଲା ପଥ ଅଜ୍ଞାତରେ
ଖାଲ, ଢିପ, କଣ୍ଟାବୁଦା ଡେଇଁ
ରଥ ଆଜି 'ପ୍ରୌଢ଼'ର ଦ୍ୱାରରେ।

ପୂର୍ବ ତେଜ, ଶକ୍ତି ଓ ସୌନ୍ଦର୍ଯ୍ୟ
ନାହିଁ ଆଉ ଏଇ ସେ ରଥରେ
ଚାହିଁ ଦେଖେ 'ଆଦ୍ୟ ଅପରାହ୍ନ'
ଢଳିଲେଣି ସୂର୍ଯ୍ୟ ଆକାଶରେ।

ଚାହୁଁ ଚାହୁଁ ଭଗ୍ନ ରଥ ଯାଇ
ପହଞ୍ଚିବ 'ବାର୍ଦ୍ଧକ୍ୟ' ସୀମାରେ
ପଥ ଶେଷ, 'ପ୍ରାନ୍ତ ଅପରାହ୍ନ'
ଛାଇଥିବ କ୍ଷୀଣ ଆଲୋକରେ।

ସର୍ବ ଶେଷ ମାପ ଖୁଣ୍ଟ ଛୁଇଁ
ଶୋଇଯିବ ସେ 'ଚିରନିଦ୍ରା'ରେ
ସନ୍ଧ୍ୟାକୁ ସ୍ୱାଗତ ଜଣାଇ
ବୁଡ଼ିଯିବେ ଭାନୁ ପଶ୍ଚିମରେ।

ଜନ୍ମ ହେଲେ ମୃତ୍ୟୁ ସୁନିଶ୍ଚିତ
କାଟ୍ୟ ନାହିଁ କାହାରି ଶକ୍ତିରେ
ସୂର୍ଯ୍ୟଙ୍କର 'ଉଦୟ' ଓ 'ଅସ୍ତ'
ଚେତାବନୀ ପ୍ରତି ଦିବସରେ।

•••

ଦିଗଭ୍ରଷ୍ଟ

ଆଗ୍ନେୟ ଉଦ୍‌ଗିରଣ ଉଠେ ହୃଦୟରେ
କମ୍ପି ଉଠେ ସର୍ବାଙ୍ଗ ଶରୀର
ବୋହିଯାଏ ଲାଭାସମ ଅବାରିତ ଅଶ୍ରୁ
ଥରି ଉଠେ ହସ୍ତ
ପିତା କରେ ପୁଣି ପୁତ୍ରର ସକ୍କାର !
ଦୁଃଖ ପୂର୍ଣ୍ଣ ଆୟୋଜନ ! !

"ହେ ବସୁନ୍ଧରା"
ମାତାର ଯୋଡ଼ ହସ୍ତ ଆକୁଳ ମିନତି
ଦ୍ୱିଖଣ୍ଡିତ ହେଉ ତୁମ ବକ୍ଷ
ଲୀନ ହେଉ ଏ ନିର୍ଲ୍ଲଜ୍ଜୀ ତୁମରି ବକ୍ଷରେ
ଅସହ୍ୟ ଯନ୍ତ୍ରଣା ଆଜି ମୋର
ଏ ଶରୀରର ପ୍ରତିଟି କୋଷରେ ।

କାଲିର ସେ ନିଷ୍କଳଙ୍କ ମନୋରମ ସୃଷ୍ଟି
ଲାଗେ ଆଜି ବିଷତୁଲ୍ୟ
ଶୂନ୍ୟ ମହାଶୂନ୍ୟ
ମୂଲ୍ୟାୟନ କରିବାକୁ ସ୍ରଷ୍ଟାର କରଣୀ
ଶକ୍ତି ନାହିଁ ଆଉ ଏହି
ପଙ୍ଗୁ ପଞ୍ଛଦ୍ରିୟେ ।

ହଜିଗଲା ଧ୍ରୁବତାରା ଉତ୍ତର ଆକାଶେ
ଚିରାବୃତ କଳା ବାଦଲରେ
ସ୍ଫୁଲିଙ୍ଗ ତା’ ନାହିଁ ଆଉ ଦେବାକୁ ସାହାରା
ଦିଗଭ୍ରଷ୍ଟ ଘନ ତିମିରରେ
ପିତା ଖୋଜେ ମାତା ହସ୍ତ
ପହଞ୍ଚିବାକୁ ଅନ୍ତିମ ସ୍ଥଲେ।

(ଏକମାତ୍ର ସନ୍ତାନର ଶେଷ କ୍ରିୟା ଯୋଗଦାନ ପରେ ପିତାମାତାଙ୍କ
ଆକୁଳତାକୁ ନେଇ ଲେଖିକାଙ୍କ ଲେଖନୀରୁ)।

•••

ଅନ୍ତିମ ପର୍ଯ୍ୟାୟ

ଜୀବନର ଆଦ୍ୟ ଶିକ୍ଷା କ୍ଷେତ୍ର
ପିତାମାତାଙ୍କ ଆଲୟ
ଯତ୍ନ, ଶ୍ରଦ୍ଧା, ଶୃଙ୍ଖଳା, ଆକଟେ
ବିକଶିତ ପ୍ରଥମ ପର୍ଯ୍ୟାୟ।

ଯୁବକର ଉଚ୍ଚ ଅଭିଳାଷା
ସମାଜରେ ସଫଳ ପ୍ରତିଷ୍ଠା
ଦ୍ୱିତୀୟ ପର୍ଯ୍ୟାୟ ବ୍ୟୟିତ
ପରିଶ୍ରମ ସେ ପ୍ରତିଯୋଗୀତା।

ସ୍ୱାସ୍ଥ୍ୟ, ଶକ୍ତି, ଗାରିମା, ସୌନ୍ଦର୍ଯ୍ୟ
ଛାଉଣି ଏ ଜୀବନ ଯୌବନ
ଲୋଡ଼ା ହୁଏ ଜୀବନ ସାଥୀଟି
କରିବାକୁ ପଥଟି ସୁଗମ।

କଳ୍ପନା ଯେ ସେ ଦିଗନ୍ତ ବ୍ୟାପୀ
ନାହିଁ ସେଠି କେବେ ଅବିରାମ
ପରିଣତ କରିବାକୁ କାର୍ଯ୍ୟେ
ଯନ୍ତ୍ରବତ ଧାଏଁ ନିତିଦିନ।

ଥାଇ ନିଜେ ନିଜକୁ ସେ ଭୁଲେ
ସନ୍ତାନରେ ମୋହ ଯେ ପ୍ରବଳ
ଭବିଷ୍ୟତ ସୁଖ, ଶାନ୍ତି ପାଇଁ
ଢାଲିଦିଏ ସର୍ବସ୍ୱ ନିଜର।

ଦେଖେ ଦିନେ ବୟସର ଛାପା
ଭାସି ଆସେ ଆଇନା ଭିତରୁ
ଚାଲିଗଲା କେତେ ଯେ ଦଶନ୍ଧି
ଚାହୁଁ ଚାହୁଁ ଜୀବନ ଯାତ୍ରାରୁ ।

ସମର୍ପିତ ଥିଲା ଯାହା ପାଇଁ
ସବୁ କିଛି ତନ, ମନ, ଧନ
କାହିଁଗଲେ ମୋ ପ୍ରିୟ ସନ୍ତାନ
ଦେଖିବାକୁ ସେ ସାତ ସପନ ।

କାହିଁଗଲେ ବନ୍ଧୁ, ପରିଜନ
ଭିଡ଼ିଥିଲେ ଜୀବନ ରାସ୍ତାରେ
ରାସ୍ତାଟି ଆଜି ଶୁନ୍ ଶାନ୍
ଦେଖେ ଖାଲି ମନର ଚକ୍ଷୁରେ ।

କାହିଁଗଲା ମୋ ଜୀବନ ସାଥୀ
ଠକି ମୋତେ କରିଗଲା ଶୂନ୍ୟ
କହିଥିଲା ବନ୍ଧା ତୁମ ପାଶେ
ପାଖେ ପାଖେ ଥିବି ନିଶିଦିନ ।

ନାହିଁ ପୂର୍ବ ସେ ଉତ୍କଣ୍ଠା, ଶକ୍ତି
ଆଜି ଅଙ୍ଗ, ପ୍ରତ୍ୟଙ୍ଗ ଶିଥିଲ
ପକ୍ୱକେଶ, କୁଞ୍ଚିତ ରେଖା
ଦିନୁ ଦିନୁ ଦିଶଇ ପ୍ରବଳ ।

ଅଟ୍ଟହାସ୍ୟ ଘନଘନ କାନେ
ଥିଲା ସେ ଯେ ମାୟା ମରୀଚିକା।
ଧାଇଁଥିଲୁ ଅଶନିଶ୍ୱାସରେ
ରହିଗଲୁ ଶେଷେ ହୋଇ ଏକା।

ଅର୍ଜି ଥିଲୁ ଯାହା କିଛି ଭବେ
ନୁହେଁ ତୋର ଏପରିକି ଦେହ
ସେ ମାୟାର ସତ୍ୟତା ଦର୍ଶାଏ
ଜୀବନର ଅନ୍ତିମ ପର୍ଯ୍ୟାୟ।

# ଆଇନା

ନିତି ପ୍ରାତଃକାଳେ ଆଇନା ସମ୍ମୁଖେ
ନିଜ ପ୍ରତିଛବି ଦୃଷ୍ଟ
ଅନିନ୍ଦ୍ୟ ରେଖା ସୁନିନ୍ଦ୍ୟ ଛାପା
ଦିଶିଯାଏ ମୁହେଁ ସ୍ପଷ୍ଟ ।

ପ୍ରତିଦିନ ନିତି ନିଜର ସ୍ୱରୂପ
ଦେଖିଥାଏ ବହୁବାର
ଏ ମାଧ୍ୟମ ବିନା ନିଜ ବାହ୍ୟରୂପ
ନିଜକୁ ହିଁ ଅଗୋଚର ।

ଅତି ପରିଚିତ, ଅତୁଟ ବିଶ୍ୱାସ
ପ୍ରତିଛବି ନିଷ୍ଠୁରେ
ଆପାଦ ମସ୍ତକ କରେ ସୁସଜ୍ଜିତ
ତା' ସ୍ୱୀକୃତି ଅନୁସାରେ ।

ଆଇନା ଚାହିଦା ଭିନ୍ନ ଅବସ୍ଥାରେ
ହୁଏ ଊଣା ଓ ଅଧିକ
କୈଶୋର, ଯୌବନେ ସବୁଠୁ ଆଦୃତ
ରୂପ ସଦା କେନ୍ଦ୍ରୀଭୂତ ।

ପ୍ରୌଢ଼, ବୃଦ୍ଧକାଳେ ଜୀବନାନୁଭୂତି
ନଶ୍ୱର ଶରୀର ଅଟେ
ସଜେଇ ହେବାକୁ ହଜିଯାଏ ସ୍ପୃହା
ଆଇନାରୁ ମୋହ ଟୁଟେ ।

ନିଜ ପ୍ରତିଚ୍ଛବି ବୟସର ସାକ୍ଷୀ
ବର୍ଦ୍ଧିତ ଆଇନା ସାଥେ
ଶୃଙ୍ଖଳ ଯୌବନ, ପ୍ରୌଢ଼ ପକ୍ୱ କେଶ,
ଲୋଲିତ ଚର୍ମ ବାର୍ଦ୍ଧକ୍ୟେ ।

ଦୃଷ୍ଟି ଯାଏ ଯେତେ ମାୟା ଜାଲ ତେତେ
ପ୍ରତିଚ୍ଛବି ମାୟା ଚକ୍ର
ନକଲି ପ୍ରତିମା ଉଭାସିତ ସେ ଯେ
ଆଇନା ଭାଙ୍ଗିଲେ ବକ୍ର ।

ହୃଦୟ ଆଇନା ପ୍ରତିଚ୍ଛବି ସ୍ୱଚ୍ଛ
କପଟତା ନାହିଁ ଲେଶ
ନିଃସନ୍ଦେହ ସହ ପ୍ରକାଶ କରଇ
ନିତ୍ୟ ସନାତନ ସତ୍ୟ ।

•••

# ଅଦୃଶ୍ୟ ଯାନ

ଯାତ୍ରୀବାହୀ ଯାନ ଚାଲେ ଅବିରାମ
ଅଦୃଶ୍ୟ ଓ ଶବ୍ଦହୀନ
ବୁଲେ ଅଧିକନ୍ଦି ଉଠାଏ ଯାତ୍ରୀଙ୍କୁ
ନେବା ପାଇଁ ନିଜ ଧାମ ।

ଯାନ ଲୋଡ଼େ ନାହିଁ ମୂଲ୍ୟ ଭଡ଼ା ପାଇଁ
ଅବା କାହାର ଆଦେଶ
ଯିବାକୁ ପଡ଼େନି ଯାନ ଥିବା ସ୍ଥାନ
ଯାନ ଆସେ ନିଜ ପାଶ ।

ସମସ୍ତଙ୍କ ପାଇଁ ସେଇ ଏକା ଯାନ
ନାହିଁ ସେଠି ପକ୍ଷପାତ
ଆଗପଛ ହେଇ ସମସ୍ତେ ଚଢ଼ିବେ
ଅଟେ ବାଧ୍ୟତାମୂଳକ ।

ଅଶ‌ଲେଉଟା ଓ ସମୟନିଷ୍ଠ ସେ
ଯିବ ନାହିଁ ଶୂନ୍ୟ ହସ୍ତ
ପହଞ୍ଚିଲେ ଯାନ ଛାଡ଼ିବାକୁ ହେବ
ଯା’ଠାରେ ଏତେ ସମ୍ପୃକ୍ତ ।

ଅନୁମତି ନାହିଁ ନେବାକୁ ସାଙ୍ଗରେ
ଯାହାକି ଚକ୍ଷୁରେ ଦୃଶ୍ୟ
ଅଦୃଶ୍ୟ କୋଠରି ଅଦୃଶ୍ୟ ଯାତ୍ରୀଙ୍କ
ପାଇଁ ସ୍ଥାନ ସଂରକ୍ଷିତ ।

ଆସିବା ଆଗରୁ ଅନେକ ସୂଚନା
ପହଞ୍ଚେ ଆସି ସେ ଦେଇ
ଚେତାବନୀ ତା'ର ବାଟରେ ମୁଁ ଅଛି
ଅକସ୍ମାତ ନୁହେଁ ଏଇ।

ଘନ ପକ୍ବ କେଶ, କୁଞ୍ଚିତ ରେଖା
ଏସବୁ ଆଗ ସୂଚନା
ଶ୍ରବଣ ଶକ୍ତି ଓ ଦୃଷ୍ଟି ଶକ୍ତି ହ୍ରାସ
ପୁଣି ବ୍ୟାଧି ଦୁର୍ଘଟଣା।

ଜାଣି ଶୁଣି ଦେଖି ମାନବ ଅଜଣା
ଭାବେନି ଯିବ ସେ ଛାଡ଼ି
ଲୋଭ, ମାୟା ପୁଣି ଧନ ଅଭିମାନେ
ଗଣ୍ଡିଲି ଚାଲିଛି ଭରି।

ଘନ ଘନ ବାଜେ କାନେ ଶାସ୍ତ୍ରବାଣୀ
ସବୁ କିଛି ମିଛ ମାୟା
ପ୍ରାଣ ଗଲେ ପିଣ୍ଡୁ ସମ୍ପର୍କ ତୁଟିଲା
ସବୁ ଅଢ଼େଇ ଦିନିଆ।

ବେଳ ଥାଉ ଥାଉ କର ଜପ ତପ
ବୁଝ ଜୀବନର ମର୍ମ
ଶୂନ୍ୟ କରିଦିଅ ଦଖଲ ତୁରନ୍ତ
ପହଞ୍ଚ ଯିବ ସେ ଯାନ।

•••

ବିଳାପ

ଦୀର୍ଘ ପଥ ଅତିକ୍ରମ ପରେ
    ଆଜି ଆସି ଜୀବନ ପ୍ରାନ୍ତରେ
ଯିବା ପାଇଁ ଆରପାରିକୁ ସେ
    ବସିଅଛି ନାଆ ଅପେକ୍ଷାରେ ।

ବସି ସେଇ ଅନ୍ତିମ କିନାରେ
    ଦେଖେ ନିଜ ଶରୀରକୁ ନିଜେ
ନିଜକୁ ସେ ନିଜେ ହିଁ ଅଚିହ୍ନା
    ଭାସି ଭାସି ସମୟର ସ୍ରୋତେ ।

ଅତୀତରେ ଏଇ ତା' ଶରୀର
    ତେଜ, ସ୍ଫୂର୍ତ୍ତି, ବଳେ ଥିଲା ପୂର୍ଣ୍ଣ
ଚାଲି ଚାଲି ଜୀବନ ରାସ୍ତାରେ
    ସେ ଶରୀରଯାନ ଆଜି ଜୀର୍ଣ୍ଣ ।

ଅସାଧ୍ୟ ନଥିଲା ତା' କିଛି
    ସହାୟତା କରୁଥିଲା ହାତ
ଆଜି କିନ୍ତୁ ସେ ହାତ ଥରୁଛି
    କାମ ପାଇଁ ନୁହଁ ସମର୍ଥ ।

କରିବାକୁ ଖାଦ୍ୟକୁ ଚର୍ବଣ
    ନାହିଁ ଆଜି ତା'ର ଦନ୍ତପଂକ୍ତି
ଚେତାଶୂନ୍ୟ ସ୍ୱାଦର କଳିକା
    ଆସେ ନାହିଁ ଖାଇବାରେ ରୁଚି ।

ଦୃଷ୍ଟିଶକ୍ତି ଓ ଶ୍ରବଣଶକ୍ତି
	ଦିନୁ ଦିନୁ ହୁଅଇ ନିସ୍ତେଜ
ଅମାନିଆ ସେ ଇନ୍ଦ୍ରିୟଗଣ
	କରନ୍ତିନି ଆଉ ସହଯୋଗ ।

ନିଜ ଗଢ଼ା ସେଇ ତା' ପ୍ରାସାଦ
	ଶୂନ୍ୟତା ନେଇ ଦଣ୍ଡାୟମାନ
ଆଜି ସିଏ ଲୋଡ଼ଇ କେବଳ
	ନିଜ ପାଇଁ ଛଅ ଫୁଟ ସ୍ଥାନ ।

କିଣିଥିଲା ସେ ଯାନବାହାନ
	ଧାଡ଼ି ବାନ୍ଧି ଠିଆ ହୋଇଛନ୍ତି
ଲୋଡ଼ା ନାହିଁ ସେ ସବୁର କିଛି
	ଯଥେଷ୍ଟ ସେ ଚକର ଚଉକି ।

ପରିଶ୍ରମ ସାରା ଜୀବନର
	ଉପାର୍ଜିତ ଧନ ସୁଗଞ୍ଚିତ
ଦୈନିକ ଖର୍ଚ୍ଚ ଆଜି ସ୍ୱଚ୍ଛ
	ସେ ଧନର ନାହିଁ ଆବଶ୍ୟକ ।

ଜରାଜୀର୍ଣ୍ଣ ଶରୀରକୁ ନେଇ
	ସ୍ନେହା ନାହିଁ ଆଉ ବଞ୍ଚିବାକୁ
ବ୍ୟଗ୍ରତା ସହିତ ଅପେକ୍ଷା
	ଯିବା ପାଇଁ ସେ ଆରପାରିକୁ ।

ଅନ୍ୟ ପୃଥିବୀ

ଏ ଯେ ଏକ ଅନ୍ୟ ପୃଥିବୀ ! !

ଅଛି ଯହିଁ ସେଇ ସୂର୍ଯ୍ୟାଲୋକ, ନାହିଁ କିନ୍ତୁ ଉଷ୍ଣତା ସେଥିରେ
ବୋହୁଅଛି ବାଆ ସୁଲୁସୁଲୁ, ଆଣୁନାହିଁ ରୋମାଞ୍ଚ ଶରୀରେ
ବସୁନ୍ଧରା ଆଜି ଲାଗେ ରୁକ୍ଷ ମସୃଣତା ନାହିଁ ତା' ପୃଷ୍ଠରେ
ଅଗ୍ରସର ହେବାକୁ ଆଗକୁ ଆସୁନାହିଁ ଉସ୍ସାହ ପାଦରେ
ଆକାଶ ଯେ ଲାଗଇ ଉଦାସ ବ୍ୟତିକ୍ରମ ସବୁରି କ୍ଷେତ୍ରରେ
ଝରିଆଡ଼େ କାରୁଣ୍ୟର ଛାଇ ହୃତ୍‌କମ୍ପନ ଆସେ ଏ ପିଣ୍ଡରେ
ଭାଙ୍ଗିଯାଏ ସେଇ ନିରବତା ଅସମ୍ଭାଳ କଙ୍କଇଁ ସ୍ୱରେ
ଅସହାୟ କରୁଣ ଚାହାଣି ନୈରାଶ୍ୟ ଯେ ସବୁରି ଦିଗରେ ।

ଏ କି ଭିନ୍ନ ନାଟକ ! !

ଅଭିନେତା ନିରବ, ନିଃସ୍ୱଦ ଚଳମାନ ଅନ୍ୟ ସାହାଯ୍ୟରେ
ଦେଖ୍ୟାନ୍ତି ଭାବ, ପ୍ରତିକ୍ରିୟା ତାଙ୍କ ସେଇ ମୁଦିଲା ଆଖିରେ
ଅଭିନୟେ କ୍ଲାନ୍ତ ଶରୀର ମନ ନାହିଁ ବୋଧେ ନାଟକରେ
ବାଛିଚନ୍ତି ସହଜ ଭୂମିକା ଆବଶ୍ୟକ ନାହିଁ ପ୍ରସ୍ତୁତିରେ
କରିଛନ୍ତି ସମସ୍ତଙ୍କୁ ଖୁସି ତାଙ୍କ ସେଇ ଜୀବନ ମଞ୍ଚରେ
ଅବସର ଘୋଷଣା କରନ୍ତି କ୍ଷମା ସହ ଫୁଲଶଯ୍ୟାପରେ
ଜାଣିବାରେ କରିନାହାନ୍ତି ତୃଟି ନେଇଥିବା ପୂର୍ବ ଭୂମିକାରେ
ସଫଳତା ପାଇଁ ପରିଶ୍ରମ କରିଛନ୍ତି ଅକ୍ଲାନ୍ତ ଭାବରେ
ସହଜରେ ମାପି ହୁଏ ବୋଲି ଲୋଟିଛନ୍ତି ଲମ୍ଭ ଭାବେ ତଳେ
ସଠିକ ମାପ ଆଜି ତାଙ୍କୁ ଲୋଡ଼ା ଡେରିଛନ୍ତି କର୍ଷ ଉଦ୍‌ବିଗ୍ନରେ ।

ଏ କି ଭୟଙ୍କର ସମାପ୍ତି!!!

କଳାକାର ନାମର ଘୋଷଣା ନାହିଁ ଶେଷ କାର୍ଯ୍ୟକ୍ରମରେ
ମୁଖରିତ ଗଗନ ପବନ ହୁଏ ନାହିଁ ସେ କରତାଳିରେ
ଧ୍ରୁବସତ୍ୟ ଅନ୍ତିମ ଭୂମିକା ମିଥ୍ୟା ନାହିଁ ଏ ଅଭିନୟରେ
ସାରଗର୍ଭ ଜୀବନ ଦର୍ଶନ ଭରା ଏଇ କ୍ଷୁଦ୍ର ନାଟିକାରେ
ଆତ୍ମା ସେ ଯେ ଅଜୟ, ଅମର କହିଛନ୍ତି ଶ୍ରୀକୃଷ୍ଣ ଗୀତାରେ
ପୁରୁଣା ଶରୀର ତ୍ୟାଗ, ଜନ୍ମ ପୁଣି ନୂଆ କଲେବରେ
ଜନ୍ମ ହେଲେ ମୃତ୍ୟୁ ଅନିବାର୍ଯ୍ୟ ଶୁଭିଯାଏ ପ୍ରତିଟି କର୍ଣ୍ଣରେ
'ରାମ ନାମ' ସତ୍ୟ ହିଁ କେବଳ ଆଉ ସବୁ ମିଥ୍ୟା ଦୁନିଆରେ ।

ଶେଷ ଶ୍ରଦ୍ଧାଞ୍ଜଳି!!!

ଚାଲିଗଲ ଅଜଣାପୁରକୁ ଅକସ୍ମାତ ଆମ ଅଜ୍ଞାତରେ
ଅକଳ୍ପିତ ଅନ୍ତିମ ଦର୍ଶନ ଆଜି ଏଇ ଅନ୍ୟ ପୃଥିବୀରେ
ଶରୀରକୁ ସିନା ଛିପାଇଲ ଛାଡ଼ି ସବୁ ବିନା ସେ ଦ୍ୱିଧାରେ
ତବ ଗୁଣ, ମାନବିକତା କିନ୍ତୁ ଛାପା ପ୍ରତି ହୃଦୟରେ
ଘେନ ଆମ ଶେଷ ଶ୍ରଦ୍ଧାଞ୍ଜଳି ଅର୍ପିତ କମ୍ପିତ ଶରୀରରେ
ଆମ୍ଭାର ସଦ୍‌ଗତି ହେଉ ଯେଉଁ ଘଟେ ଆଅ ଯେଉଁ ପୁରେ ।

(ଏକ ପାରିବାରିକ ବନ୍ଧୁଙ୍କ ଅନ୍ତେଷ୍ଟିକ୍ରିୟାରେ ଯୋଗଦାନ ପରେ
ସେଇ ପରିବେଶକୁ ନେଇ ଲେଖିକାଙ୍କ ଲେଖନୀରୁ ।)

•••

# ପୁନରାବୃତ୍ତି

ଚାଲୁ ଚାଲୁ ଜୀବନ ରାସ୍ତାରେ
ଦେଖା ହୁଏ ପଥିକଙ୍କୁ କେତେ
ମୋଡ଼ ଭାଙ୍ଗି ଚାଲିଯାଏ କିଏ
ଆତ୍ମୀୟତା ବଢ଼େ କାହା ସାଥେ ।

କାହା ସହ ହୁଅଇ ମିତ୍ରତା
କାହା ସଙ୍ଗେ ଅନ୍ତରଙ୍ଗ ଭାବ
ବାନ୍ଧି ହୁଅନ୍ତି ସମ୍ପର୍କ ଡୋରିରେ
ପତି, ପତ୍ନୀ, ବନ୍ଧୁ ଓ କୁଟୁମ୍ବ ।

ବାନ୍ଧିହୁଏ ନବଜାତ ଶିଶୁ
ଅଟେ ସିଏ ସ୍ମାରକୀ ପ୍ରେମର
ହାତ ଧରି ଚାଲିଥାନ୍ତି ପଥେ
ଦଳବଦ୍ଧ ନାମ ତା' ସଂସାର ।

କଣ୍ଟାବନ, ଅନ୍ଧାରୁଆ ରାସ୍ତା
ଅତିକ୍ରମ ସମୟେ ଦୁଷ୍କର
ତ୍ୟାଗ, ପ୍ରେମ, କ୍ଷମା, ଯତ୍ନ, ସେବା
ସଂସାର ପଥ ବତିଘର ।

ସୀମିତ ଏ ସଂସାରର ପଥ
ଭେଟାଭେଟି ଅଳ୍ପ ସମୟର
ଅପସରି ଯା'ନ୍ତି ଜଣେ ଜଣେ
ସଂଖ୍ୟା ହ୍ରାସ କ୍ରମଶଃ ଦଳର ।

ନବଜାତ ସେ ପ୍ରେମ କଳିକା
     ଚାହୁଁ ଚାହୁଁ ହୁଏ ପ୍ରସ୍ଫୁଟିତ
ଲୋଡ଼େ ନାହିଁ ଅନ୍ୟର ସାହାରା
     ନିଜ ପାଇଁ ଆଜି ସେ ସାମର୍ଥ୍ୟ ।

ଅପସରି ଯାଏ ସେ ଦଳରୁ
     ଭାଙ୍ଗି ଧରେ ଅନ୍ୟ ଏକ ମୋଡ଼
ଅନ୍ତରଙ୍ଗ ଭାବ କାହା ସାଥେ
     ଗଢ଼େ ପୁଣି ନିଜର ସଂସାର ।

ପିଢ଼ି ପିଢ଼ି ଏ ପୁନରାବୃତ୍ତି
     ଲାଗିଅଛି ନିତି କ୍ରମାଗତ
ସ୍ୱଳ୍ପକାଳ ଜୀବନର ଯାତ୍ରା
     ପଥଟି ଏ ପୂର୍ବ ନିର୍ଦ୍ଧାରିତ ।

ଭାବ ତରଙ୍ଗ

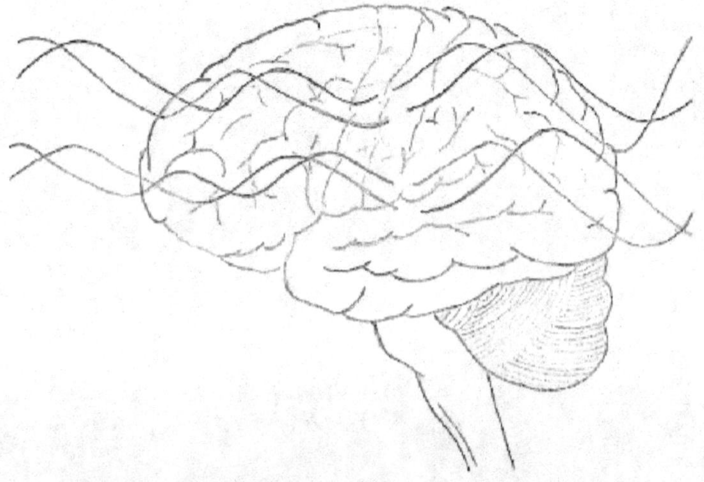

ମନ ସମୁଦ୍ରରେ ଉଦ୍ଦେଲିତ ଭାବନାର ତରଙ୍ଗ ଚଞ୍ଚଳ ଓ କ୍ଷଣସ୍ଥାୟୀ। ସେହି ଭାବନାର ଆଙ୍ଗୁଳାଏ ତରଙ୍ଗକୁ ଲେଖିକା ସଯତ୍ନରେ ସଂଗ୍ରହ କରି କାଗଜର ବେଳାଭୂମିରେ ଅଜାଡ଼ି ଦେଇଛନ୍ତି ଅନ୍ୟମାନଙ୍କ ଉପଭୋଗ ପାଇଁ।

ସାକ୍ଷୀ

ମନ ଭରି ଦେଖୁଥିଲି ମୁହିଁ
    ରୂପା ଜହ୍ନ ନୀଳ ଆକାଶର
ସେ ତୃପ୍ତିର ଅବସାଦ ନାହିଁ
    ପୁଣି ତା'ର ଲୁଚକାଲି ଖେଳ ।

ଆଚମ୍ବିତ ହେଉଥିଲି ଦେଖି
    ତା'ର ସେଇ ଦିବ୍ୟ ରୂପକୁ
ଏ କଠୋର ସମୟର ଦାଉ
    ଛୁଇଁନି ତା' କୋମଳ ଅଙ୍ଗକୁ ।

କୁଆଁକୁଆଁ ରାବ ଦେଇ ଯେବେ
    ପଡ଼ିଲି ମୋ ମାଆର ଗର୍ଭରୁ
ସ୍ୱାଗତମ କରିଥିଲା ଥାଇ
    ଏଇ ଜହ୍ନ ନୀଳ ଆକାଶରୁ ।

ଖନି ଖନି କଥା କହି ଶିଖି
    ଜାଣିଲି ମୁଁ ଚାଲି ଧାରେ ଧାରେ
ଆନନ୍ଦରେ ଫୁଲି ଉଠୁଥିଲା
    ଦେଖି ଜହ୍ନ ବଢ଼ନ୍ତା ଶିଶୁରେ ।

ଭଲ ମନ୍ଦ ଭୁଲ ଠିକ୍ ନେଇ
            କେତେ କଥା ଶିଖ୍ ମୁଁ ପାରିଲି
ସ୍ରଷ୍ଟାଙ୍କର ମଧୁର ସୃଷ୍ଟିକୁ
            ମନେ ମନେ ଗବେଷଣା କଲି ।

ବିତାଇଲି କେତେ ଧୂଳିଖେଳ
            ଏଇ ମାଟି ମାଆର କୋଳରେ
ଦେଖ୍ ଜହ୍ନ ହସି ଗଡୁଥିଲା
            ଶିଶୁଟିକୁ କିଶୋରୀ ରୂପରେ ।

ଅଗ୍ନିକୁ ସାକ୍ଷୀ ରଖ୍ ଯେବେ
            ବରି ନେଲି ସଂସାରର ପଥ
ଏଇ ଜହ୍ନ ଥିଲା ସେଇଠି ରହି
            ବିବାହର ନିରବ ଦର୍ଶକ ।

ଖିଲି ଖିଲି ହସୁଥିଲା ଦେଖ୍
            ବଧୂରୂପୀ କଅଁଳ ଶିଶୁକୁ
ଆଶୀର୍ବାଦ ଢାଲି ଦେଉଥିଲା
            ସେ ଦିନର ନବ ଦମ୍ପତିକୁ ।

ଗର୍ବରେ ପୁଲକିତ ଯେବେ
            ମାତୃରୂପୀ ଶିଶୁଟିର ମନ
ବିଚ୍ଛୁରିତ କିରଣେ ସେ ଜହ୍ନ
            ଦେଇଥିଲା ତା' ଅଭିନନ୍ଦନ ।

ଦେଖୁଅଛି ଦେଖୁଥିବ ଜହ୍ନ

    ସଂସାରର ସବୁ ଦୁଃଖ ସୁଖ

ସାକ୍ଷୀ ହୋଇ ରହିଥିବ ସିଏ

    କେବେହେଲେ ନହୋଇ ବିମୁଖ।

ଜାଜ୍ୱଲ୍ୟମାନ ଆଭା ନେଇ ସଦା

    ଏଇ ଜହ୍ନ ଥିବ ଆକାଶରେ

ସମ୍ମାନିତ କରିବାର ପାଇଁ

    ସେ ଶିଶୁକୁ ତା' ପକ୍ କେଶରେ।

ଆଦ୍ୟ ପ୍ରାନ୍ତ ଶିଶୁର ଜୀବନୀ

    ଦେଖୁଅଛି ଆକାଶରେ ରହି

ହସି ହସି ବିଦାୟ ଦେବ ସେ

    ଯେତେବେଳେ ଜଳୁଥିବ ଜୁଇ।

•••

ହସ

ଶିଶୁର ହସରେ ବିଭୁଙ୍କ ଚିଠା
କିଶୋର ହସରେ ମହୁର ଅଠା ।

ଯୁବତୀର ହସ ବେସର ବଟା
ଯୁବକର ହସ ମେଦିନୀ ଫଟା ।

ପ୍ରେମିକାର ହସେ ଲାଜୁକି ଛିଟା
ରସିକ ପ୍ରେମିକ ହସ ଚହଟା ।

ବିଜୟର ହସ ହୃଦୟ ଫଟା
ହତାଶିଆ ହସ ଫସର ଫଟା ।

ମଜ୍ଜାକିଆ ହସେ ଜୁଆର ଭଟା
ସାଙ୍ଗ ସାଙ୍ଗ ହସ ଜୁଇର ଲଟା ।

ବଦରାଗୀ ହସ ବିଦ୍ୟୁତ୍ ଛଟା
ଗର୍ବୀର ହସ ଡେଙ୍ଗୁରା ଫଟା ।

ଖଳ ଲୋକ ହସ ଘାଣ୍ଟ ଚକଟା
ବିଦୂପର ହସ ବଣ୍ଡୁଆ କଣ୍ଡା ।

ଅଲାଜୁକ ହସ ଦାନ୍ତ ନିକୁଟା
ବେରସିକ ହସ ଅଲଣା ଖଟା ।

ସରଳିଆ ହସେ ଚନ୍ଦନ ଛିଟା
ନମ୍ରତାର ହସ ତୁଳସୀ ଜଟା ।

ପାକୁଆ ପାଟିରେ ସବୁଠୁ ମିଠା
ମନ ଟାଣିନିଏ ସେଇ ହସଟା ।

•••

ଉପଲବ୍ଧି

ତ୍ରିକାଳଙ୍କ ମଧରେ ସଂଘର୍ଷ କିଏ ଅଟେ କାହାଠାରୁ ଶ୍ରେଷ୍ଠ
ଶ୍ରେଷ୍ଠତାକୁ ପ୍ରମାଣ କରନ୍ତି ଦେଇ ନିଜ ନିଜ ଅଭିମତ ।

ବର୍ତ୍ତମାନ

ବାହାସ୍ଫୋଟ ମାରିଦେଇ ହସି
'ବର୍ତ୍ତମାନ' ଦିଅଇ ମନ୍ତବ୍ୟ
ତ୍ରିକାଳର ରାଜା ମୁହିଁ ଅଟେ
ବାସ୍ତବ ମୋ ସଦା କରାୟତ ।

'ଅତୀତ' ଯେ ଗତ ଇତିହାସ
'ଭବିଷ୍ୟତ' ସଦା ଅନିଶ୍ଚିତ
'ଅତୀତ' ଓ 'ଭବିଷ୍ୟତ' ମଧେ
ବାନ୍ଧିଅଛି ମୁହିଁ ସେତୁବନ୍ଧ ।

ସେଇ ସ୍ମୃତି ସ୍ତୂପର ନିର୍ମାଣ
ମୋ ବିହୁନେ ନୁହଁଇ ସମ୍ଭବ
ଶିକ୍ଷା, ଦୀକ୍ଷା, ଜ୍ଞାନ, ଅନୁଭୂତି
ଦିଏ ମୁଁ ସେ ସବୁର ସୁଯୋଗ ।

ସୃଷ୍ଟି ଚାଲେ 'ବର୍ତ୍ତମାନ' ପରେ
ମାପକାଠି ଅଟେ ବୟସର
ବାସ୍ତବ ମୁଁ ଆନନ୍ଦ, ଉଲ୍ଲାସ
ପୁଣି ଅକାଟ୍ୟ, କଠୋର ।

ମୁହୂର୍ତ୍ତକ ପାଇଁ ମୋର ସ୍ଥିତି
ଅଦୃଶ୍ୟ ମୁଁ ସେ ପର ମୁହୂର୍ତ୍ତ
ଅଝୋଳିଭା ଅନୁଭୂତି ଦେଇ
ଚାଲିଥାଏ ସଦା ଅବିଶ୍ରାନ୍ତ ।

ସୃଷ୍ଟିରେ ଆସେ ନୂତନତା
ପୁରାତନେ ଟାଣେ ପୂର୍ଣ୍ଣଛେଦ
ତ୍ରିକାଳର ସୂତ୍ରଧର ମୁହିଁ
ସ୍ଥାନ ମୋର ସବୁଠାରୁ ଶ୍ରେଷ୍ଠ ।

ଅତୀତ

ମଥା ଟେକି ସ୍ମୃତି ସ୍ତୂପ ତଳୁ
ସଧୀରେ ସେ କହଇ 'ଅତୀତ'
ଅଝୋଳିଭା ଅନୁଭୂତି ସବୁ
ଧରିଅଛି ଏଇ ମନ ସ୍ତୂପ ।

ନିଜ ଶକ୍ତି ପରାକାଷ୍ଠା ପାଇଁ
'ବର୍ତ୍ତମାନ' ଅବଶ୍ୟ ଗର୍ବିତ
ପ୍ରଭାବର କାରଣ ସିନା ସେ
ପ୍ରଭାବେ ତା ନଥାଏ ଭୃକ୍ଷେପ ।

ବିଷ୍ଣୁଦେଇ ହୁଏ ସେ ଅଦୃଶ୍ୟ
ମୁହୂର୍ତ୍ତକ ଆନନ୍ଦ ଯନ୍ତ୍ରଣା
ଅନୁଭୂତି ଲେଖିଯାଏ ସ୍ତୂପେ
ଦର୍ଶାଏ ମୁଁ ବିଗତ ଘଟଣା ।

ଉବୁଟୁବୁ ଯେବେ ଭଗ୍ନ ମନ
ପାଏ ନାହିଁ କୂଳ ଓ କିନାରା
ତରିବାକୁ ସେ ଅଥଳ ଜଳ
ନେଇଥାଏ ସ୍ମୃତିର ସାହାରା ।

ଆଦି ସୃଷ୍ଟି ବିଶ୍ୱ ବ୍ରହ୍ମାଣ୍ଡର
ମୋ ବ୍ୟତୀତ ଜ୍ଞାନ ଅସମ୍ଭବ
ସନ୍ତାନକୁ ଅଗୋଚର ହୁଏ
ନିଜ ବଂଶ, ପରମ୍ପରା, ଗୋତ୍ର ।

ମୁଁ ଆଦାମ, ମୁଁ ଇଭ, ମୁଁ ବେଦ,
ପୁରାଣ, ଗୀତା, ମୁଁ ଇତିହାସ
ଅତୀତ ମୁଁ, ଦୃଢ଼ ଭିତ୍ତି ପରେ
ସୃଷ୍ଟି ଆଜି ମୋ ପରେ ସ୍ଥାପିତ ।

ଭବିଷ୍ୟତ

ଶୂନ୍ୟରେ ସ୍ୱର ପ୍ରତିଧ୍ୱନି
'ଭବିଷ୍ୟ'ର ହୁଅଇ ଝଙ୍କୃତ
ମୋ ହସ୍ତର ଅଦୃଶ୍ୟ ଲଗାମେ
ଅଗ୍ରସର ସୃଷ୍ଟି ଅବିରତ ।

ସ୍ମୃତି କୋଳେ ନିଦ୍ରିତ 'ଅତୀତ'
'ବର୍ତ୍ତମାନ' ହସ୍ତରେ ବାସ୍ତବ
ସ୍ଥାନ, କାଳ, ପାତ୍ର ଓ ବିଷୟ
ମୋ ଦ୍ୱାରା କିନ୍ତୁ ନିର୍ଦ୍ଧାରିତ ।

ମୁହିଁ ଅଟେ ଆଶା, ଅଭିଲାଷା,
କାମନା ମୁଁ, ସଦିଚ୍ଛା ଓ ଲକ୍ଷ୍ୟ
ଯୁଗ ପରେ ଯୁଗ ପୁନରାବୃତ୍ତି
ମୋ ବିହୁନେ ସୃଷ୍ଟି ଯେ ଅଥର୍ବ।

ଦିବସର ସୂର୍ଯ୍ୟାଲୋକ ମୁହିଁ
ଅଟେ ପୁଣି ଚନ୍ଦ୍ରମା ରାତ୍ରିର
ନାବିକର ଦୂର ବତିଘର
ଶ୍ରାବଣ ମୁଁ ଆଶାୟୀ ଚାଷୀର।

ଅନୁଭୂତି ମୋ ନୁହେଁ ଜୀବନ୍ତ
ଅନାଗତ ସଦା କାଳ୍ପନିକ
ଅପେକ୍ଷାର ସେଇ ଉତ୍ତେଜନା
ମନେ ଦିଏ ଅସୀମ ଆନନ୍ଦ।

ଦେଇଚାଲେ ଆଶାବାଣୀ ସଦା
କେବେ ନୁହେଁ ନାସ୍ତିବାଚକ
ଜୀବନକୁ କରେ ଅର୍ଥପୂର୍ଣ୍ଣ
ବଞ୍ଚିବାକୁ ଯୋଗାଏ ସାମର୍ଥ୍ୟ।

ତ୍ରିକାଳଙ୍କ ତୁଟି ଉପଲବ୍ଧି ହୁଏ ଶୁଣି ପରସ୍ପର ମତ
ସ୍ୱୀକାର କରନ୍ତି ସଭିଏଁ କାହାଠାରୁ କେହି ନୁହେଁ ଶ୍ରେଷ୍ଠ
ଛନ୍ଦାଛନ୍ଦି ନିଜ ନିଜ ମଧ୍ୟେ ଏକ ବିନା ନାହିଁ କା ଅସ୍ତିତ୍ୱ
ସୃଷ୍ଟିର ସୁପରିଚାଳନା ତ୍ରିକାଳଙ୍କ ଏକାଇ ଉଦ୍ଦେଶ୍ୟ।

•••

# ପ୍ରେମର ଭାଷା

ଚରାଚର ବିଶ୍ୱ ସ୍ଥାବର ଜଙ୍ଗମ
ପ୍ରେମ ଡୋରେ ଛନ୍ଦାଛନ୍ଦି
ପ୍ରେମ ମୂଳମନ୍ତ୍ର ଅବର୍ଣ୍ଣନୀୟ
ଅନୁଭବେ ଉପଲବ୍ଧି ।

ପ୍ରେମ ଚିରନ୍ତନ ଅକ୍ଷୟ, ଅମର
ଶାଶ୍ୱତ, ପରିପୂର୍ଣ୍ଣ
ପ୍ରେମ ଡୋରି ଶକ୍ତ, ସୂକ୍ଷ୍ମ ଓ ସ୍ୱଚ୍ଛ
ପ୍ରେମ ଭାଷା ଭିନ୍ନ ଭିନ୍ନ ।

ବନ୍ଧା ଭଗବାନ ଭକ୍ତର ଭାବରେ
ନିଷ୍କାମ ଅଟେ ସେ ପ୍ରେମ
ଭକ୍ତର ହୃଦୟ ତାଙ୍କ କ୍ରୀଡ଼ାସ୍ଥଳୀ
ସଦା ସେ ବିରାଜମାନ ।

ପିତାମାତା ପ୍ରେମ ଅମାପ, ନିଗୂଢ଼
ନିଃସ୍ୱାର୍ଥ ସେ ପ୍ରେମ ଡୋରି
ଆଜୀବନ ତ୍ୟାଗ ନାହିଁ ପ୍ରତିଆଶା
ତୁଳନା ନାହିଁ ତାଙ୍କରି ।

ପତିପତ୍ନୀ ପ୍ରେମ ଅଟେ ଅନ୍ତରଙ୍ଗ
ପ୍ରେମରୁ ବଂଶ ବିସ୍ତୃତି
ସୃଷ୍ଟି ଅଖଣ୍ଡତା ତା'ପରେ ସ୍ଥାପିତ
ସୃଷ୍ଟିର ପୁନରାବୃତ୍ତି ।

ଆମ୍ୱୀୟ ସ୍ୱଜନ ବନ୍ଧୁ ପରିଜନ
          ଭିନ୍ନ ସେଠି ପ୍ରେମ ଫାଶ
ଭକ୍ତି, ଶୁଭାଶିଷ, ତ୍ୟାଗ ଭାତୃଭାବ
          ପ୍ରେମର ଅନ୍ୟ ପ୍ରକାଶ ।

ଅପୂର୍ବ ସଂସାର ପ୍ରକୃତି ବୈଭବ
          ଭରେ ସୁଧା ରସେ ପ୍ରାଣ
କରେ ଆହ୍ଲାଦିତ ଆଣଇ ସନ୍ତୋଷ
          ଅଟେ ସେ ସ୍ୱର୍ଗୀୟ ପ୍ରେମ ।

ପ୍ରେମ ଯେ ଅଖଣ୍ଡ, ଆଦି, ମଧ୍ୟ, ଅନ୍ତ
          ମେରୁଦଣ୍ଡ ଏ ସୃଷ୍ଟିର
ପ୍ରେମ ଲୋଡ଼େ ସୃଷ୍ଟି ତା' ପ୍ରକାଶ ପାଇଁ
          ସୃଷ୍ଟି ଲୋଡ଼େ ପ୍ରେମ ଡୋର ।

ବିବାହ ସେ ଅନନ୍ୟ

ଶୁଭେ କୋଲାହଳ   ପ୍ରକୃତି ଉତ୍ଫୁଲ୍ଲ
ସର୍ବେ ଯାଇଛନ୍ତି ମଜ୍ଜି
ଖେଳେ ଉତ୍ତେଜନା   ଧରଣୀ ରାଣୀର
ସତେ କି ବିବାହ ଆଜି ।

ଘଡ଼ଘଡ଼ି ଶବ୍ଦ   ପ୍ରତୀୟମାନ ସେ
ହୁଏ ହାବେଲିର ବାଣ
ଆହ୍ୱାନ କରଇ   ସାରା ଜଗତକୁ
କରିବାକୁ ଯୋଗଦାନ ।

ବିଦ୍ୟୁତ୍ ଝଟକ   ଆକାଶେ ଚମକେ
ବିଜୁଳି ବାଣ କି ଏଇ
ବାରୁଦେ ତିଆରି   ଧୂସର ଚାନ୍ଦୁଆ
ଆକାଶରେ ଅଛି ଛାଇ ।

ବରଷାର ଧାରା   ଅବିଶ୍ରାନ୍ତ ଭାବେ
ପଡ଼ଇ ଆକାଶୁ ଝରି
ନବବଧୁ ଆଉ   ବରପାତ୍ର ପାଇଁ
ସତେକି ଆଶିଷ ବାରି ।

ନଦୀ, ପୁଷ୍କରିଣୀ,   ହ୍ରଦ ଆଉ କୂପ
ଜଳାଶୟ ସବୁ ଭରା
ଶୁଭର ସୂଚନା   ପୂର୍ଣ୍ଣ କଳସେ
ସଜା ଯାଇଅଛି ପରା ।

ଭିଜା ମାଟି ବାସ୍ନା   ବାସେ ମିଠା ମିଠା
ବର୍ଷା ଜଳେ ଭିଜିଅଛି
ଚତୁର୍ଦିଗରେ   ସତେ ଅବା କିଏ
ଅତର ଛିଟି ଯାଉଛି ।

ସବୁଜ ପଲ୍ଲବେ   ବରଷାର ବିନ୍ଦୁ
ଦିଶେ ଅତି ଚମକ୍ରାର
ହିରାକେ ସଜ୍ଜିତ   ହୋଇଛି କି ଇଏ
ଉପଲକ୍ଷେ ବିବାହର ।

ବିଭିନ୍ନ ଭଙ୍ଗିରେ   ଭିନ୍ନ ଭିନ୍ନ ତାଲେ
ବୃକ୍ଷ ସବୁ ନୃତ୍ୟରତ ।
କିଶୋରୀ ଗଣ ସେ   ନାଚନ୍ତି କି ସତେ
ଦିଶୁଛନ୍ତି ଚମକୃତ ।

ନବବଧୂ ନିଜେ   ସଜାଇ ଅଛନ୍ତି
ମନଲୋଭା କରି ଅତି
ମନର ମଣିଷ   ଚକ୍ଷୁ ଆକର୍ଷିତ
ହେବେ ତାଙ୍କ ମନଲାଖି ।

ମଣ୍ଡି ସେ ଅଛନ୍ତି   ନାନା ଜାତି ଫୁଲେ
ଦିଶନ୍ତି ଚିତ୍ତାକର୍ଷକ
ସବୁଜ ଶାଢ଼ିରେ   ନବବଧୁ ବେଶେ
ଅପୂର୍ବ ସେ ଅପରୂପ ।

ପବନ ବୋହୁଛି   ଅତି ଖରତର
     ଉଲ୍ଲସିତ ଆଜି ମନ
ସାଙ୍ଗ ସାଙ୍ଗ ଶବ୍ଦ   ଅଟେ ଅବା ମନ୍ତ୍ର
     ପଢ଼େ ବେଦୀସ୍ତୁ ବ୍ରାହ୍ମଣ।

ଶରୀରେ ରୋମାଞ୍ଚ   ଆଣଇ ପୁଲକ
     ବିବାହ ଏଇ ଅନନ୍ୟ
ଆଶିଷ ଢାଳନ୍ତି   ନବ ଦମ୍ପତିକୁ
     ସର୍ବ ସ୍ଥାବର ଜଙ୍ଗମ।

•••

ଅନୁନୟ

ରଥର ସାରଥି ଆହେ !
ଶୁଣିବକି ଅନୁନୟ ମୋର
ବାହିବକି ରଥ ଧୀରେ ଧୀରେ
ବେଶୀ ବାଟ ନାହିଁ ଲକ୍ଷ୍ୟ ସ୍ଥଳ ।

ଶୁଣ ମୋର କାତର ପ୍ରାର୍ଥନା
ଦୁରବସ୍ଥା ବୁଲି ଦେଖ ଥରେ
ଶରୀରକୁ କି ଯନ୍ତ୍ରଣା ମୋର
ପଥୁରିଆ ଖଦଡ଼ ରାସ୍ତାରେ ।

ସୀମିତ ଏ ଜୀବନର ଯାତ୍ରା
ଲାଗିବନି ଡେରି ଲଂଘିବାକୁ
ହୁଅ ନାହିଁ ବୃଥା ତରବର
ପଡ଼ିବନି ବେଶୀ ବାହିବାକୁ ।

ଲୋଭେଇଲା ଚମତ୍କାର ସୃଷ୍ଟି
ଦେଖେଇବ ମଣିଷ ଘଟରେ
ଉପଭୋଗ ହୁଅଇ ସମ୍ଭବ
ଏକମାତ୍ର ନର ଶରୀରରେ ।

ବିଦ୍ୟୁତ୍ ବେଗେ ଧାବମାନ ରଥ
ଟଣା ପୁଣି ସଂସାର ରଜ୍ଜୁରେ
ପାରୁନାହିଁ ଦେଖି ତବ ସୃଷ୍ଟି
ଅନ୍ଧ ମୁହିଁ କର୍ତ୍ତବ୍ୟ ପରଲେ ।

ଅହର୍ନିଶି କିନ୍ତୁ ଅଭିମାନ
ପଡ଼ିଗଲି ବୋଧେ ପ୍ରଲୋଭନେ
ଅସୁମାରି ଦେଇଅଛ ସତ
(ମନ ଭରି) ଉପଭୋଗ କରିଲିନି ଦିନେ।

କର୍ତ୍ତବ୍ୟରେ ଧାବମାନ ସଦା
ଦିନ ଆସି ରାତି ଯାଏ ଚାଲି
ଚାହିଁ ଦେଖେ ଅବଶ ଶରୀରେ
ଯାଉଅଛି ପଥ ସରି ସରି।

କଅଁଳିଆ ସକାଳ ସୂରୁଜ
ବିଦା ନିଏ ରକ୍ତିମ ଆଭାରେ
ଜୀବନର ମାପକାଠି ସମ
କ୍ଷୀଣ କରେ ପ୍ରତିଟି କ୍ଷଣରେ।

ଚାହୁଁଚାହୁଁ ବୟସର ଦାଉ
ଛୁଇଁଲାଣି ଏଇ ଶରୀରରେ
ଶଙ୍କା ବୋଧେ ମନର ଯୋଜନା
ରହିଯିବ ମନ ତାଲିକାରେ।

ଧୀର ବେଗେ ଟାଣିବକି ରଥ
ମନଭରି ଦେଖିବି ବିଶ୍ୱକୁ
ପ୍ରାଣଭରି କରିବି ମୁଁ ସ୍ପର୍ଶ
ଉପଲବ୍ଧି କରିବି ସୃଷ୍ଟିକୁ

କର୍ତ୍ତବ୍ୟରୁ ହେଲେ ମୁଁ ବିରତ
ବିଳମ୍ବରେ ରଥ ଅତିକ୍ରମ
ସମର୍ପିବି ଅନ୍ୟର ସେବାରେ
ତବ ଦତ୍ତ ଏ ଶରୀର ମମ ।

କରିଦେବି ଯୋଜନା ସମ୍ପନ୍ନ
ରହିବନି ଶୋଚନା ମନରେ
ଭାବିବିନି ଠକି ହେଇଗଲି
ବସି ତବ ଅପୂର୍ବ ରଥରେ ।

•••

ବସୁଧୈବ କୁଟୁମ୍ବକମ୍

ବିଚିତ୍ର ବିଭାଷୀ କଳ୍ପନାତୀତ ଏ ଚକ୍ଷୁରେ ଯାହା ଦୃଶ୍ୟ
ଅଣୁ, ପରମାଣୁ, ସ୍ଥାବର, ଜଙ୍ଗମ ସବୁ ସେ ତୁମରି ଅଂଶ ।

ଉପରେ ଛାଉଣି ନୀଳ ଆକାଶର ଭାସଇ ଶୁଭ୍ର ବାଦଲ
ପଡ଼ିଅଛି ଅବା ନୀଳ ଚାନ୍ଦୁଆରେ ଧଲାର ବିକ୍ଷିପ୍ତ ଫୁଲ ।

ଧବଲ ବାଲୁକା, ସବୁଜର ଘାସ, ମାଟିଆ କୃଷ୍ଣ ମୃତ୍ତିକା
ସତେ ଅବା ତଳେ ବିଛାଇ ଦେଇଛ ବିଭିନ୍ନ ରଙ୍ଗ ଗାଲିଚା ।

ଦୂରୁ ଦିଶିଯାଏ ପର୍ବତ ମାଲା, ତା'ମଧରେ ଉପତ୍ୟକା
ସବୁଜ, ମାଟିଆ, ଧୂସରିଆ ରଙ୍ଗେ ତୁଲିରେ ସତେ ବା ଅଙ୍କା ।

ଜାତି ଜାତି ପୁଷ୍ପ, ଜାତି ଜାତି ଫଲ, ବୃକ୍ଷ, ପତ୍ର ଭିନ୍ନ ଭିନ୍ନ
କି ଚମତ୍କାର ପରିକଳ୍ପନା ତବ ବିଶାଲ ଉଦ୍ୟାନ ।

ଶୁଭିଯାଏ ଦୂରୁ ବିହଙ୍ଗ କାକଲି ଝଙ୍କାଳିଆ ଉଚ୍ଚ ବୃକ୍ଷ
କାନେ ପଡ଼ିଯାଏ ଭ୍ରମର ଗୁଞ୍ଜନ ବାସ୍ନାଭରା ପୁଷ୍ପଗୁଚ୍ଛ ।

ଡେଇଁ ଡେଇଁ ଉଡ଼େ ରଙ୍ଗିନ ପ୍ରଜାପତି ବୃଦା, ଲତା ଚତୁଃପାର୍ଶ୍ୱେ
ମୟୂର, ମୟୂରୀ ପକ୍ଷ ମେଲାଇ ନାଚନ୍ତି ଅତି ଉଲ୍ଲାସେ ।

ଛନ ଛନ ମନେ ହରିଣ, ହରିଣୀ କରୁଥାନ୍ତି ବିଚରଣ
ରାଜହଂସ ଯୋଡ଼ି ପୁଷ୍କରଣୀ ଜଲେ ଦିଶନ୍ତି କି ମନୋରମ !

ପୁଷ୍କରଣୀ, ନଦୀ, ହ୍ରଦ ଓ ଝରଣା ଖରସ୍ରୋତା ଜଲାଧାର
ବିସ୍ତୃତ ସାଗର ଦୃଷ୍ଟି ସୀମାତୀତ ପ୍ରକାଣ୍ଡ ଜଲଭଣ୍ଡାର ।

ନିର୍ଦ୍ଦନ୍ଦ୍ୱ ସହ ବିଚରଣରତ ତବ ସୃଷ୍ଟ ଜଳଚର
ତିଷ୍ଠିବେ ଯେପରି ଖଣ୍ଡିଛ ସେପରି ଧନ୍ୟ ତୁମେ ଶିକ୍ଷାକାର ।

କ୍ଷୁଦ୍ର କୀଟରୁ ବୃହତ୍ ଜୀବ ପାଇଁ ସ୍ଥାନ ତାଙ୍କ ସଂରକ୍ଷିତ
ସୃଜିଛ ଅରଣ୍ୟ, ମରୁଭୂମି, ଗୁମ୍ଫା, ଛିଦ୍ର, ହୁକା ଆଉ ଗର୍ତ୍ତ ।

ତୁମେ ସୃଷ୍ଟିକର୍ତ୍ତା, ସୃଷ୍ଟିର ଆଧାର ସର୍ବ ନିୟନ୍ତା ତୁମେ
ସବୁରି ଘଟରେ ରହିଅଛ ତୁମେ ଚେତନା ଶକ୍ତିଟି ଭାବେ ।

କିଏ ଉଚ୍ଚ, ନୀଚ, କିଏ ବା ଇତର, କେ' ପୁଣି ଶ୍ରେଷ୍ଠ ମାନବ
ସମସ୍ତ ଜଗତ ତୁମ ଠାରୁ ଜାତ ବୃହତ୍ ଏ ପରିବାର ।
ଏଇତ 'ବସୁଧୈବ କୁଟୁମ୍ବକମ' !!!

•••

ଧନ

ଧନ ଧନ ଧନ ରୂପ, ରେଖ ତା'ର ଭିନ୍ନ
ଜୀବନର ଗତିପଥ
କରିଥାଏ ନିୟନ୍ତ୍ରଣ ।

କଳିଯୁଗ ଅଧିପତି ସବୁ ତା'ର କରାମତି
କାହାକୁ ଦୂରେଇ ପୁଣି
କାହାକୁ ଆଣଇ କଟି ।

କିଏ ଅଟେ ଧନବାନ, ଦିନ କାଟେ ଅୟସରେ
କିଏ ପୁଣି ଧନହୀନ
ହୀନିମାନ ସ୍ୱକ୍ଷତାରେ ।

ଯା' ପାଖେ ଯେତେ ସମ୍ପତ୍ତି, ତା'ର ସେତେ ପ୍ରତିପତ୍ତି
ବୈଭବ, ଯଶ, ପୌରୁଷ
ଜନ, ସନମାନ ଖ୍ୟାତି ।

ନିଜ ଲୋକ ହୁଏ ପର, ପର ପୁଣି ଆପଣାର
ଭାଇ ଭାଇ ପଡ଼େ ବାଢ଼
ଦୋଷ, ତ୍ରୁଟି ଏ ଧନର ।

ଧନ ପାଶେ ସବୁକିଛି, ଅଟଇ ସେ ମୂଲ୍ୟହୀନ
ସ୍ନେହ, ଶ୍ରଦ୍ଧା, ପ୍ରୀତି, ପ୍ରେମ
ତା' ଆଗେ ଫିକା, ମଳିନ ।

ମୋହିତ କରଇ ମନ, ତୀବ୍ର ତା'ର ଆକର୍ଷଣ
ସଙ୍କଟକୁ ବେଖାତିର
ଦ୍ଵାହି ଦେଇ ନିଜ ପ୍ରାଣ ।

ଓହରନ୍ତି ସେ ନ୍ୟାୟରୁ, ହାକିମ, ଶାସକଗଣ
ଦୁର୍ନୀତି, ଅନୀତି ଦେଖ
ଲୋଭରେ ହୁଅନ୍ତି ମୌନ ।

ମିଥ୍ୟା, ହିଂସା, ଡକାୟତି, ଲୋଭ, ଗର୍ବ, ଅଭିମାନ,
ବୈରୀଭାବ, କୁଟିଲତା
ଧନରୁ ସର୍ବ ଉତ୍ପନ୍ନ ।

ଜୁଆଖେଳ, ବେଶ୍ୟାଳୟ, ଧୂମ୍ର ଆଉ ସୁରାପାନ
ଯାଇଥାନ୍ତି ଅବାଟରେ
ଟଙ୍କା କରେ ମତିଭ୍ରମ ।

ସୁଧୀଜନ ଉପଦେଶ, ଲୋଭ କରେ ସର୍ବନାଶ
ଆବଶ୍ୟକରୁ ଅଧିକା
ବ୍ୟର୍ଥ ଯାଏ ସେ ପ୍ରୟାସ ।

ଶାନ୍ତିମୟ ସେ ଜୀବନ, ଲୋଡ଼େ ନାହିଁ ଅତି ଧନ
ଚାଲନ୍ତି ଦୂରତ୍ବ ମାପି
ସର୍ବଦା ବିବେକୀ ଜନ ।

•••

କ୍ଷମା ପ୍ରାର୍ଥନା

ପିଞ୍ଜରାରେ ଆଜି ରୁଦ୍ଧ ମାନବ ଅସ୍ଥିର, ଭୟଭୀତ
ଅଦୃଶ୍ୟ, ଅଗମ୍ୟ, ଅସ୍ପର୍ଶ ଭୂତାଣୁ କରେ ବିଶ୍ୱ ସ୍ତମ୍ଭୀଭୂତ ।

ଅବିରାମ କ୍ଷମା ଶେଷରେ ଅସହ୍ୟ ଉଦ୍ଧତ ଆଜି ସନ୍ତାନ
ଉପଯୁକ୍ତ ଶାସ୍ତି ଅଟଇ ଜରୁରୀ ଲୋଡ଼ା ଯେ ଅନୁଶାସନ ।

ପଠାଇଲ ଭବେ ମାନବ ସଂତାନେ ଦେଇ ହିତାହିତ ଜ୍ଞାନ
ତନ୍ତ୍ର ତନ୍ତ୍ର ସୃଷ୍ଟି ଉପଭୋଗ ପାଇଁ ପଞ୍ଚ ଇନ୍ଦ୍ରିୟର ଦାନ ।

ଖଞ୍ଜି ଥିଲ ନେତ୍ର ଶ୍ରୀମୁଖ ଦର୍ଶନ ଦେଖିବାକୁ ସୃଷ୍ଟି ତବ
ଭରି ଦେଇଥିଲ କୋଣେ ପ୍ରତିକୋଣେ ମାଧୁର୍ଯ୍ୟପୂର୍ଣ୍ଣ ବୈଭବ ।

ବିଶ୍ୱ ଦେଇଥିଲ ଚତୁର୍ଦ୍ଦିଗେ ବାସ୍ନା ଘନଘନ ମହକରେ
ସନ୍ତାନକୁ ତବ ଘ୍ରାଣେନ୍ଦ୍ରିୟ ଦାନ ସୌଗନ୍ଧିର ଆଘ୍ରାଣରେ ।

ସୂର୍ଯ୍ୟଙ୍କ ଉଭାପ, ସୁଲୁସୁଲୁ ବାୟା, ଶୀତଳ ଜ୍ୟୋତ୍ସ୍ନା ଚନ୍ଦ୍ର
ଦେଇଥିଲ ଚର୍ମ ଅନୁଭବ ପାଇଁ ତୁଳନା ନାହିଁ କୃପାର ।

ଶ୍ରବଣେନ୍ଦ୍ରିୟ ଦାନ ଶୁଣ ବିଭୁ ନାମ ଶାସ୍ତ, ଆଧ୍ୟାତ୍ମିକ ବାଣୀ
ବିହଙ୍ଗ କାକଳି, ସମୁଦ୍ର ଲହଡ଼ି ସୃଷ୍ଟିର ମଧୁର ଧ୍ୱନି ।

ସ୍ୱାଦ ଜାଣି ପୁଣି ଖଞ୍ଜି ଦେଇଥିଲ ଭିନ୍ନ ଭିନ୍ନ ଶସ୍ୟ ଫଳ
ଶରୀରରେ ବ୍ୟାଧି ଉପଶମ ପାଇଁ ପଥ୍ୟ, ପତ୍ର, ଚେର, ମୂଳ ।

ହସ୍ତ, ପଦ, ଦାନ ଈଶ୍ୱରଙ୍କ କର୍ମ ସେବା ପିତାମାତାଙ୍କର
ଦୀନ, ଦୁଃଖୀଙ୍କର ସହାୟତା ପୁଣି ସଂରକ୍ଷଣ ପ୍ରକୃତିର ।

ବୁଦ୍ଧିର ନିଯୋଗ ସୃଷ୍ଟି ମଙ୍ଗଳାର୍ଥେ ଥିଲା ଯେ ନିର୍ଦ୍ଦେଶ ତବ
ସର୍ବ ଜୀବେ ଦୟା, ପ୍ରେମ, ଭାତୃଭାବ ନାରାୟଣ ଘଟେ ସର୍ବ ।

ଅପାତ୍ରରେ ଦାନ ଅଯୋଗ୍ୟ ସନ୍ତାନ ବୁଝିଲୁନି ଦାନ ମର୍ମ
ସୁବିଧାବାଦୀ ସେ ସୁଯୋଗ ଯା' ନେଲୁ କଲୁ ନାହିଁ ମୂଲ୍ୟାୟନ ।

ବୋମା ବିସ୍ଫୋରଣ, ଯାନ ଓ ବାହାନ କଳ, କାରଖାନା ବାଷ୍ପ
ଉଷ୍ଣ, କଲୁଷିତ ସମଗ୍ର ଜଗତ ଜୀବଜନ୍ତୁ ଭୀତତ୍ରସ୍ତ ।

ସ୍ୱାର୍ଥାନ୍ଧ ମନୁଷ୍ୟ ସ୍ୱାର୍ଥର ଦାସ କରେ ବୃକ୍ଷ ଉପ୍ଲାଟନ
ମନୋହର ପକ୍ଷୀ, ସୁମଧୁର ସ୍ୱନ ହୁଅଇ କ୍ରମଶଃ କ୍ଷୀଣ ।

କରେ ନରହତ୍ୟା, ନାରୀ ଧର୍ଷଣ, ପିଲାଚୋରୀ, ଅତ୍ୟାଚାର
ଅଖାଦ୍ୟ ସେବନ, ମାଂସ, ସୁରାପାନ, ହତ୍ୟା ନିରୀହ ଜୀବର ।

ପିତାମାତା ଠାରେ ଗୁରୁ, ଗୁରୁଜନେ ଅଶିଷ୍ଟତା ପ୍ରଦର୍ଶନ
ଦିନ, ଦୁଃଖୀ, ରଙ୍ଗୀ, ଅସହାୟଙ୍କ ପ୍ରତି କଟୁ ବାକ୍ୟ ସମ୍ଭାଷଣ ।

ଚୋରି, ଡକାୟତି, ଶଠତା, ଅନୀତି, ଅନ୍ୟାୟରେ ଧନାର୍ଜନ
ନାହିଁ କାହିଁ ପ୍ରୀତି ସ୍ୱାର୍ଥର ରାଜୁତି କରେ ବିପରୀତ କର୍ମ ।

ଈଶ୍ୱର ବିଶ୍ୱାସ ହ୍ରାସ ଯେ କ୍ରମଶଃ ବେଦ ପୁରାଣରେ ତର୍କ
ସ୍ରଷ୍ଟା ହେୟ ଜ୍ଞାନ ଅଧର୍ମ ଅର୍ଜନ ଦ୍ୱାହି ଦେଇ ନିଜ ଧର୍ମ ।

ତୁମେ ଶୁଭକାଂକ୍ଷୀ, ତୁମେ ନିୟାମକ ଦଣ୍ଡ ଆମ ସମୁଚିତ
ଉଚିତ ମାର୍ଗରେ ନେବାକୁ ସଂତାନେ ତୁମର ଏ ପଦକ୍ଷେପ

ଆମେ ଅପରାଧୀ ସ୍ୱୀକାର ଆମର କରିଅଛୁ ଅପକର୍ମ
ଗର୍ବ ଗଞ୍ଜନ, କ୍ଷମା ସାଗର ହେ ଅପରାଧ ଆମ କ୍ଷମ ।

ସାରା ବିଶ୍ୱ ଆଜି ଯୋଡ଼ ହସ୍ତେ ଡାକେ 'ତ୍ରାହି ତ୍ରାହି' ଜନାର୍ଦ୍ଦନ
ତୁମରି ଏ ସୃଷ୍ଟି ତୁମେ ତ୍ରାଣକର୍ତ୍ତା ତୁମେ ପତିତପାବନ ।

(୨୦୨୦ରେ କୋଭିଡ୍-୧୯ ର ପ୍ରତିକ୍ରିୟାକୁ ନେଇ...) ।

•••

ଆଜି ମୋ ପ୍ରାତଃ ଭ୍ରମଣ

ପ୍ରତି ପ୍ରାତଃକାଲେ ଭାସି ଆସେ ଦୂରୁ
ଅଦୃଶ୍ୟର ସେ ଆହ୍ୱାନ
ଟାଣି ନେଇଯାଏ ପାଦ ଦୁଇ ମୋର
ପ୍ରକୃତିର ଆକର୍ଷଣ
ଆରମ୍ଭେ ମୁଁ ମୋ ପ୍ରାତଃଭ୍ରମଣ।

ଚାଲୁଥିଲି ପୂର୍ବେ ଚାଲୁଅଛି ଆଜି
ସେଇ ପଥେ ନିତିଦିନ
ଅନୁଭୂତି ଭିନ୍ନ 'କୋଭିଡ଼' କଟକଣା
ଦିଶଇ ସବୁ ନୂତନ।

ଦିଶିଯାଏ ସ୍ୱଚ୍ଛ ସର୍ପିଲ ପଥଟି
ଅଟେ ଅବରୋଧ ଶୂନ୍ୟ
ନାହିଁ କୋଲାହଲ ଯାନ ଓ ବାହାନ
ଚତୁର୍ଦିଗ ଜନଶୂନ୍ୟ।

ଜଳବାୟୁ ସ୍ୱଚ୍ଛ ଆକାଶ ନିର୍ମଲ
ବହେ ମଲୟ ପବନ
ପୁଷ୍ପର ସୁଗନ୍ଧି ମହକାଏ ଭିନ୍ନ
ମନ ଭରା ମୋ ଆଘ୍ରାଣ।

ସବୁଜ ପଲ୍ଲବ କରେ ଆକର୍ଷଣ
ନାହିଁ ଧୂଲି ଆସ୍ତରଣ
ଅତି ଆନନ୍ଦରେ ଡାଳ ଦୋହଲାଇ
ବୃକ୍ଷ କରେ ଆବାହନ।

କାନେ ପଡ଼ିଯାଏ ସ୍ୱଷ୍ଟ, ମନୋହର
ବିହଙ୍ଗ ମଧୁ ଗୁଞ୍ଜନ
ଜୀବଜନ୍ତୁ ଆଜି ମୁକ୍ତ, ପ୍ରଫୁଲ୍ଲିତ
ନିର୍ଭୀକରେ ବିଚରଣ ।

ସ୍ୱର୍ଗୀୟ ଶାନ୍ତି ଆବେଗାନୁଭୂତି
ଉପଭୋଗ୍ୟ ପ୍ରତି କ୍ଷଣ
ସୁନ୍ଦର ବୃହତ୍ ସ୍ଥାବର, ଜଙ୍ଗମ
ସବୁ ଯେ ମାଧୁର୍ଯ୍ୟପୂର୍ଣ୍ଣ ।

ମନେହୁଏ ଅବା ଅନ୍ୟ ଗ୍ରହ ଇଏ
ନୂଆ ଦିଶେ ପ୍ରତି କୋଣ
ପ୍ରକୃତି କୋଳରେ ଦିବ୍ୟ ଅନୁଭୂତି
ଆହ୍ଲାଦିତ କରେ ପ୍ରାଣ
ଭିନ୍ନ ଆଜି ମୋ ପ୍ରାତଃଭ୍ରମଣ ।

(୨୦୨୧ରେ କୋଭିଡ୍-୧୯ ସମୟରେ ପ୍ରାକୃତିକ
ବାତାବରଣକୁ ନେଇ) ।

ସମୟ ସ୍ରୋତ

ସମୟ ଆଦି, ଅନ୍ତ ରହିତ... ପ୍ରଖର ଗତିରେ ବୋହିଚାଲେ ଏକା ମୁହାଁ ହୋଇ। ଭସାଇ ନିଏ 'ବର୍ତ୍ତମାନ'କୁ। ଲୀନ ହୋଇଯାଏ ଜୀବନ, ଯୌବନ, ସମ୍ପତ୍ତି, ପ୍ରତିପତ୍ତି, ପରମ୍ପରା, ସଂସ୍କୃତି। ଭାସି ଯାଇଥିବା 'ବର୍ତ୍ତମାନ', ସ୍ମୃତିର ସୁରକ୍ଷିତ ଗହ୍ବରରେ ନିଜକୁ ଆତ୍ମଗୋପନ କରି ମନ ପର୍ଦ୍ଦାରେ ସଦା ସର୍ବଦା ଉଭାସିତ ହେଉଥାଏ।

ମୋ ଚପଳ ସ୍ୱପ୍ନ

ଚପଳତା ମନ ନେଇ   ଦେଖୁଥିଲି ସ୍ୱପ୍ନ ମୁହିଁ
ଆସିବି ବୁଲି ମୁଁ ଦିନେ ଆମେରିକା ଦେଶ
ରାଜାରାଣୀ ଗପ ପରି   ଶୁଣୁଥିଲି କାନ ଡେରି
ସେ ଦେଶର ସବୁ କିଛି ଭାବ ପରିବେଶ ।

ଭାବୁଥିଲି କେତେ ମଜା ଆମେରିକା ଗଲେ ରାଜା
କରିବାକୁ ପଡ଼ିବନି ହାତେ କାମ ଆଉ
ଟି.ଭି. ବସି ଦେଖୁଥିବି   ମେସିନିଙ୍କୁ କାମ ଦେବି
ପାଟି କରିବାକୁ ଆଉ ନଥିବ ବୋଉ ।

ପଢ଼ିଥିଲି ଭୂଗୋଳରୁ   ଧନୀ ଦେଶ ସବୁଠାରୁ
ଦେଖିବାର ଜିନିଷରେ ଭରପୂର ବୋଲି
ଭାବୁଥିଲି ଚିନ୍ତା ନାହିଁ   କେହି କହିବାକୁ ନାହିଁ
ସମୟ କାଟିବି ମୁହିଁ   ଖାଲି ବୁଲି ବୁଲି ।

ମନେ ମନେ ହସୁଥିଲି   ସେ ଦେଶକୁ ଗଲେ ବୁଲି
ଆଇସକ୍ରିମ୍ ମନଇଚ୍ଛା ଖାଇବି ଖାଲି
ରୋଷେଇ ମୁଁ କରିବିନି   ସମୟ ମୁଁ ହାରିବିନି
ରେଡ଼ିମେଡ୍ ଖାଦ୍ୟ କିଣି ଲିଭିବ ଚୁଲି ।

ଥଣ୍ଡା ଦେଶ ଶୁଣିଥିଲି   ବରଫ ପଡ଼ଇ ବୋଲି
ମନ ହୁଏ ହାଇଁପାଇଁ ଆସିବା ପାଇଁ
ଭାବୁଥିଲି ମନେ ମନେ ଆମେରିକା ଗଲେ ଦିନେ
ସାରାଦିନ ବରଫରେ ଖେଳିବି ଯାଇ ।

ସ୍ୱପ୍ନ ମୋର ସତ ହେଲା   ବାସ୍ତବରେ ରୂପ ନେଲା
ଆସିବାକୁ ହେଲା ଏଠି ଘରଣୀ ହୋଇ
ଦେଖ୍ କିନ୍ତୁ ହେଲା ଡର   ସବୁ କାମ ନିଜେ କର
ପାଣି ଗିଲାସଟି କିଏ ଦେବାକୁ ନାହିଁ।

ଟି.ଭି. ବସି ଦେଖିବାକୁ   ଗପ ବହି ପଢ଼ିବାକୁ
ମନ ଇଚ୍ଛା କାହାର ସେ ସମୟ ନାହିଁ
ଭାବିଥିଲି ବୁଲିବାକୁ   କାମ ଦେଇ ମେସିନିଙ୍କୁ
ରହିଗଲି ନିଜେ କିନ୍ତୁ ମେସିନି ହୋଇ।

ନିଜ ରନ୍ଧା ଖାଇ ଖାଇ   ପାଟି ଆଉ ନରୁଚଇ
ବାସିଯାଏ ମୋ ବୋଉର ବେସର ରାଇ
ପିଲାଦିନ ସ୍ୱପ୍ନ ମୋର   ହେଲା ଆସି ଏଠି ଦୂର
ବାହାରେ ଖାଇବା ନିତି ସମ୍ଭବେ ନାହିଁ।

ଶୁଣି ଶୁଣି ସ୍ୱାସ୍ଥ୍ୟବାଣୀ କଲେଷ୍ଟେରୋଲ କଥା ପୁଣି
ଆଇସକ୍ରିମ୍ ଖାଇବାର ଲାଳସା ନାହିଁ
ବରଫ ଗଦାକୁ ମୋର   ସଫା କରିବାକୁ ଡର
ବରଫରେ ଖେଳିବାକୁ ତର ବା କାହିଁ?

ଅତୀତକୁ ଭାବି ବସି   ମନେ ମନେ ଦିଏ ହସି
ଆମେରିକା ପାଇଁ ମୁଁ ଆଉ ନୁହେଁ ବାଇ
ଇଚ୍ଛା ହୁଏ ଆଜି ମୋର   ଫେରିଯିବି ନିଜ ଘର
ମାତୃଭୂମି ଠାରୁ ବଡ଼ କେ ସଂସାରେ ନାହିଁ।

(ଆମେରିକା ଆସିବା ପରେ ଲେଖିକାଙ୍କ ଏଇ ପ୍ରଥମ କବିତା।)

•••

ଓଡ଼ିଆ ଗୌରବ

ଦେଖିଛକି କିଏ ଦେଖିଛ କେଉଁଠି
ବଇଁଶୀଧାରୀଙ୍କ ଖେଳା
କଳି ଆଗମନେ ରାଜାଙ୍କୁ ସପନେ
ନିର୍ଦ୍ଧାରିଲେ ବାସ ନୀଳାଚଳ ଧାମେ
ଚକାଆଖି ଚକାଡୋଲା ।

ଜାଣିଛକି କିଏ ଜାଣିଛ କେଉଁଠି
ବାର ବରଷର ପିଲା
ରଖିଥିଲା ସିଏ ପିତାର ମର୍ଯ୍ୟାଦା
କୋଣାର୍କର ମୁଣ୍ଡି ମାରି ଦେଇସାରି
ସାଗରରେ ଝାସ ଦେଲା ।

ଛୁଇଁଛ କି କିଏ ଅନ୍ୟତ୍ର କେଉଁଠି
ଏହିପରି ବସୁନ୍ଧରା
ଜନ୍ମ ଲଭିଛନ୍ତି କେତେ ଯୋଗଜନ୍ମା
ସାଧୁ, ସନ୍ତୁ, ରଷି, କବି, ବିରାଙ୍ଗନା
ପଦ ରଜେ ଭୂମି ବୋଲା ।

ଉପଭୋଗ କେବେ କରିଛ କେଉଁଠି
ଏଭଳି ସଂସ୍କୃତି, କଳା
ଓଡ଼ିଶୀ, ଛଉ ଓ ସମ୍ବଲପୁରୀ ନୃତ୍ୟ
ଓଡ଼ିଶୀ, ଜଣାଣ, ଚମ୍ପୁ, ଛାନ୍ଦ ଗୀତ
ଦାସକାଠିଆ ଓ ପାଲା ।

ଶୁଣିଛକି କେବେ ଶୁଣିଛ କେଉଁଠି
ବିଭିନ୍ନ ପରବ ପ୍ରଥା
କୁଆଁର ପୁନେଇ, ପୋରୁହାଁଷ୍ଟମୀ,
ବୋଇତ ବନ୍ଦାଣା, ରଜ, ଖୁଦୁରୁକୁଣୀ,
ସାବିତ୍ରୀ ଓ ବାଲିଯାତ୍ରା ।

ଚାଖିଛକି କେବେ ଚାଖିଛ କେଉଁଠି
ସୁସ୍ୱାଦୁ ବିଭିନ୍ନ ପିଠା
ନାନା ରଙ୍ଗେ ଗଢ଼ା କରଞ୍ଜି, କାକରା,
ଚିତଉ, ଚକୁଲି, ଛୁଞ୍ଚିପତ୍ର, ମଣ୍ଡା,
ଆରିସା ଓ ପୋଡ଼ପିଠା ।

ପାଇଛ କି କେବେ ଓଡ଼ିଶାକୁ ଛାଡ଼ି
ପଖାଳ ଖିଆର ମଜା
ତା' ସାଙ୍ଗେ ସନ୍ତୁଲା, ସୋରିଷ ପତୁଆ
ବଡ଼ିଚୁରା, ଶାଗ, ଇଲିଶି ଶୁଖୁଆ
କଖାରୁ ଫୁଲର ଭଜା ।

ଆମ ମାତୃଭୂମି ଆମ ଓଡ଼ିଶାଟି
ଐଶ୍ୱର୍ଯ୍ୟ, ସମୃଦ୍ଧି ଭରା
ମିଳେ ହାତୀଦାନ୍ତ, ତାରକସି କାମ
ରତ୍ନ ପଥର, ସୂକ୍ଷ୍ମ ପଟବସ୍ତ୍ର,
ହସ୍ତଶିଳ୍ପ ଓ ଚାନ୍ଦୁଆ ।

ଜାଣିଛକି କିଏ ଆମ ଭିଟାମାଟି
ପୂର୍ବେ ଭୂଖଣ୍ଡିତ ଥିଲା
ଉଣେଇଶ ଛତିଶ, ଏପ୍ରିଲ ଏକ
ସ୍ୱତନ୍ତ୍ର ଓଡ଼ିଶା ରୂପ ରେଖ ନେଇ
ରାଜ୍ୟରେ ଘୋଷିତ ହେଲା।

ଆମେରେ ଓଡ଼ିଆ ଆମରି ଗୌରବ
ଆମରି ଓଡ଼ିଆ ଭାଷା
ଶାସ୍ତ୍ରୀୟ ଭାଷାରେ ହେଲା ଉଦ୍‌ଘୋଷିତ
ଓଡ୍ର, ପ୍ରାକୃତୀର ଅଟେ ଏ ବଂଶଜ
ପ୍ରାଚୀନ ଏ ଆର୍ଯ୍ୟଭାଷା।

ଭାଷା ହିଁ ଜାତିର ଅଟେ ପରିଚୟ
ସୁରକ୍ଷା ଅଟେ ଜରୁରୀ
ଆମ ହାତେ ଆମ ଭାଷା ଭବିଷ୍ୟତ
ସମ୍ମିଳିତ ଭାବେ କରିବା ପ୍ରୟାସ
ଆଇନର କଡ଼ାକଡ଼ି।

•••

ଝୁରା ପଥିକ

ପଥର ପଥିକ ଆମେ ଏହି
    ଅଙ୍କା ବଙ୍କା ଜୀବନ ରାସ୍ତାରେ
ଦିଶିଯାଏ ନୂଆ ନୂଆ ମୁହଁ
    ଭିନ୍ନ ଭିନ୍ନ ବୃକ୍ଷ ଛାୟା ତଳେ।

ସ୍ନେହ, ଶ୍ରଦ୍ଧା, ପ୍ରୀତିର ବନ୍ଧନେ
    ବାନ୍ଧି ହେଉ କିଛିଦିନ ପାଇଁ
ଅଦୃଶ୍ୟର ଡାକରାରେ ପୁଣି
    ବରି ନେଉ ଅନ୍ୟ ଗଛ ଛାଇ।

ପଳାଶର ଛାଇ ମିଳିଥିଲା
    ଏତେ ଦିନ ଅତିକ୍ରମ ପରେ
ଏଇ ତରୁ ଆଶ୍ରିତଙ୍କ ମନ
    ରଙ୍ଗାୟିତ ସଦା ଫଗୁଣରେ।

ହସ ଖୁସି ସଙ୍ଗୀତ ଆସରେ
    ପଥିକ ଯେ ସଦା ଉଜାଗର
ଚାଲି ଚାଲି ସଂସାର ରାସ୍ତାରେ
    କ୍ଲାନ୍ତ କେବେ ନୁହେଁ ତା' ଶରୀର।

ଝଡ଼, ଝଞ୍ଜା ଆସୁ ଏ ପଥରେ
    କେବେହେଲେ ନଥାଏ ଶୋଚନା
ଦୁଃଖ, ସୁଖ ଲାଗିଛି ସଂସାରେ
    କୁହେ ସିଏ କାହିଁକି ଭାବନା ?

ପଳାଶର ରକ୍ତିମ ରଙ୍ଗ
            ତରୁଟିର ସୁଶୀତଳ ଛାଇ
ପଥିକଙ୍କ ସ୍ନେହ, ଭାବ, ପ୍ରୀତି
            ନେଇଥିଲା ଏ ମନ ଚୋରାଇ।

ଯାତ୍ରାର ପ୍ରାରମ୍ଭ କାଳରୁ
            ଖୋଜୁଥିଲା ଏଇ ଛାଇ ମନ
ଭାବିଥିଲୁ ଦୃଢ଼ ବସା ବାନ୍ଧି
            କାଟିଦେବୁ ବାକିଆ ଜୀବନ।

ଦଇବ ଦଉଡ଼ି ଖୋସ ସେ
            ଟାଣୁଅଛି ଅନ୍ୟ ଏକ ମୋଡ଼େ
ଭେଟିବାକୁ ନୂଆ ବାଟୋଇଙ୍କୁ
            ପୁଣି ଏକ ଭିନ୍ନ ବୃକ୍ଷ ମୂଳେ।

କାଲି ପରି ଲାଗେ ସ୍ୱାଗତମ୍
            ଆସିଗଲା ଏ ଦୂତ ମେଲାଣି
ଝୁରିଆଡ଼େ ନବୀନ ବାସନା
            ଆଘ୍ରାଣର ଆରମ୍ଭ ହେଇନି।

ଭରା ମନେ ଯଦିଓ ବେଦନା
            କରାୟତ ନାହିଁ କା'ର କିଛି
ଅଗ୍ରସର ହେବାକୁ ପଡ଼ିବ
            ହୃଦେ କୋହ, ଆଖ ଲୁହ ପୋଛି।

ସ୍ୱଚ୍ଛ ଦିନ ଏ ରହଣି ଏଠା

କଟିଗଲା ଅତି ଆନନ୍ଦରେ

ରହିଗଲା ଏ ମଧୁର ସ୍ମୃତି

ହୃଦୟର ସ୍ୱତନ୍ତ୍ର କୋଣରେ ।

ଦେଇଥାଉ ଯଦି ମନେ ବ୍ୟଥା

ଆଲାପ କି ହାସ୍ୟ ପରିହାସେ

କ୍ଷମା ଭିକ୍ଷା ତା'ପରେ ମେଲାଣି

ମାଗୁଅଛୁ ରହଣିର ଶେଷେ ।

(ଚିକାଗୋରେ ଅଳ୍ପଦିନ ରହଣୀର ଅନୁଭୂତିକୁ ନେଇ ଲେଖିକାଙ୍କ ଲେଖନୀ ନିସୃତ ଏଇ 'ଝୁରା ପଥିକ'।)

•••

ଜୀବନ ଧାରା

ଚମକ୍ତ ହୁଅଇ ଅବଶ୍ୟ ତୀକ୍ଷ୍ଣ ବୁଦ୍ଧି ଦେଖି ମନୁଷ୍ୟର
ସୀମାହୀନ ପ୍ରଗତି ଆଜି ଏ ପ୍ରତି କ୍ଷେତ୍ରେ ଶିକ୍ଷ ବିଜ୍ଞାନର ।

ଇଣ୍ଟରନେଟ୍, ସ୍କାଇପ୍, ଟେକ୍ସଟିଙ୍ଗ ଦୂରଦ୍ବର କରେ ଆଜି ହ୍ରାସ
ଯେଉଁ ପୁରେ ଯିଏ ବା ଥାଆନ୍ତୁ ନିମିଷକେ ତା' ସହ ସଂସ୍ପର୍ଶ ।

ବିସ୍ମିତ କରେ ଆଇଫୋନ ସାରା ସୃଷ୍ଟି ସତେ କି ଯନ୍ତ୍ରେ
ସମସ୍ୟାର ସବୁ ସମାଧାନ ହେଇପାରେ ଅଙ୍ଗୁଳି ଅଗ୍ରରେ ।

ହେଉଅଛି ଯେତେ ଅଗ୍ରଗତି ଆଜି ଏଇ ଶିକ୍ଷ ବିଜ୍ଞାନର
ହତୋସାହ କିନ୍ତୁ ଦେଖ ଲାଗେ ଅଧୋଗତି ସେତିକି ସ୍ଵାସ୍ଥ୍ୟର ।

ଘଟୁଅଛି ଅକାଳ ବିୟୋଗ ଚାରିଆଡ଼େ ଆଜି ହାହାକାର
ହାର୍ଟ ଡିଜିଜ, ଓବିଜ, କ୍ୟାନ୍ସର୍ ନିତି ନୂଆ ରୋଗ ଆବିଷ୍କାର ।

ଆସ୍ତୁ, ଅଣ୍ଟା, କାନ୍ଧର ଯନ୍ତ୍ରଣା ଶୁଣିବାକୁ ମିଳେ ବାରମ୍ବାର
ଉତ୍କୃଷ୍ଟତର ଜୀବନର ପାଇଁ ରୋପଣ ଯେ କୃତ୍ରିମ ଅଙ୍ଗର ।

ଦେଖେ ଯେବେ ଆଜି ପରିସ୍ଥିତି ପିଲାଦିନ ଗାଁ ଉଙ୍କି ମାରେ
ନଥିଲା ତ ସ୍ଵାସ୍ଥ୍ୟହାନି ଏତେ ଅଣଆଇ, ଆଇ ଅମଲରେ ।

କେବେ ପୁଣି ଶୁଣିବି ନଥିଲା ହସ୍ପିଟାଲ ନାଁ ସେତେବେଳେ
ଶରୀରର ପୀଡ଼ା କମୁଥିଲା କବିରାଜି ଚେର, ମୂଳ, ପତ୍ରେ ।

ଅଶୀ ବର୍ଷେ ବସୁଥିଲା ଆଇ ଆସ୍ତୁ ଭାଙ୍ଗି ଧାର ପନିକିରେ
ଅଣଆଇ ମାରୁଥିଲା ଝୋଡ଼ୁ ଅଗଣାରେ ନବେ ବୟସରେ ।

କୋଶ କୋଶ ଚାଲୁଥିଲେ ସବୁ ସିଧା ହୋଇ ବୁଢ଼ା ବୟସରେ
ପେଟ ପାଇଁ ଖଟୁଥିଲେ ନିତି ସାରାଦିନ ବାରି ବଗିଚାରେ ।

ଶୁଣେ ଯେବେ ବହୁ ବିଜ୍ଞାପନା ଅର୍ଗାନିକ ମହଙ୍ଗା ଖାଦ୍ୟର
ଦିଶିଯାଏ ଗାଁର ପୋଖରୀ ଡେଉଁଥାନ୍ତି ରୋହି ଓ ଭାକୁର ।

ଦିଶେ ବାରି ଓଉ ଓ ପଣସ କାନ୍ଦି କାନ୍ଦି ଝୁଲଇ କଦଳୀ
ଶିମ୍ବ, ଜହ୍ନି, ଛୁଇଁ, ବାଇଗଣ, ବାରିପଟ କଲରା, କାକୁଡ଼ି ।

ମୁଗ, ବିରି, କୋଲଥ ଓ ଧାନ ବେତା ବେତା ଆସଇ କ୍ଷେତରୁ
ଦେଶୀଆଳୁ, ସାରୁ, ଆଳୁ ପୁଣି ଓଲୁଅ ସେ କିଆରି ମାଟିରୁ ।

ଛନ୍ଦ ଛନ୍ଦ ସେ ପାଣିକଖାରୁ ମାଡ଼ିଥାଏ ଛପର ଉପରେ
ମାଡ଼ିଥାଏ ପୋଇ ଓ କଖାରୁ ଝୁଲୁଥାଏ ସେ ଲାଉ ଡଙ୍କରେ ।

ଲେଉଟିଆ, ଖଡ଼ା ଓ କୋଶିଲା ଦିଶିଯାଏ ଶାଗ ପଟାଳିରେ
ବର୍ଷା ଦିନ ବିଲ ମଦରଙ୍ଗା ସୁନୁସୁନିଆ ଶାଗ ପୋଖରୀରେ ।

ସ୍ମୃତି ଆସେ ଲାଳସା ପାଟିରେ ନାଲି ଆଉ ପାଣି ପଇଡ଼ର
ଦିଶିଯାଏ ଘରର ସୀମାରେ ଧାଡ଼ି ଧାଡ଼ି ନଡ଼ିଆ ଗଛର ।

ମନେପଡ଼େ ତାଳସଜ ସ୍ୱାଦ ସଦ୍ୟ ତୋଲା ସେ ତାଳ ଗଛରୁ
ପେଟ୍ଟା ପେଟ୍ଟା ଖଜୁରି ଓ ଗୁଆ ଝୁଲୁଥାଏ ସୁଉଚ ଡାହିରୁ ।

କରମଙ୍ଗା, ପିଜୁଲି, ସେପେଟା, ଆମ୍ବକଷି ଦିଶଇ ଡାହିରେ
ଜାମୁ ଆଉ ବରକୋଲି ଗଛ ଦିଶିଯାଏ ବଗିଚ କୋଣରେ ।

ହୁଏ ଯେବେ ଦୁହିଁବା ସମୟ ହମ୍ବା ରଡ଼ି ଶୁଭଇ ଗାଈର
ବାସିଯାଏ ଘର ମରା ଘିଅ, ଦୁଧ, ଦହି, ଛେନା ଯେ ପ୍ରଚୁର ।

ତିନି ଓଳି ଖାଇବା ପ୍ରସ୍ତୁତି ହୁଏ ତାଜା ବିଶୁଦ୍ଧ ଦ୍ରବରେ
ସେ ସୁଆଦ, ବାସ୍ନା ଅଟେ ଭିନ୍ନ ଭାସିଆସେ ଏବେ ବି ସ୍ମୃତିରେ।

ଶାରୀରିକ ପରିଶ୍ରମ ଥିଲା ମୂଳମନ୍ତ୍ର ସଭିଙ୍କ କାନରେ
ନିତିଦିନ ଜୀବନର ପାଇଁ ନିର୍ଭରତା ନଥିଲା ଯନ୍ତ୍ରରେ।

ଯନ୍ତ୍ରବତ ଆଜିକା ଜୀବନ କ୍ଲାନ୍ତ ରେଖା ମୁହଁରେ ଦିଶଇ
ପାଇ ପୁଣି ନପାଇବା ବୋଧ ଦିବା ନିଶି ସଭିଙ୍କୁ ଟାଣଇ।

ଧାଇଁ ଧାଇଁ କ୍ଲାନ୍ତ ଶରୀର ଦିବା ଶେଷେ ଖୋଜୁଥାଏ ଶେଯ
ରେଡ଼ିମେଡ଼ ଖାଦ୍ୟ ଯେ ଆଗରେ ପଚାରୁଛି କିଏ ତାଜା ଖାଦ୍ୟ।

ଆଜିର ଏ ଯନ୍ତ୍ରପାତି ଯୁଗ ମଣିଷକୁ କରେ ନିୟନ୍ତ୍ରଣ
ସବୁକିଛି ସ୍ୱାଚ୍ଛନ୍ଦ୍ୟ ଭିତରେ ସୀମାବଦ୍ଧ ଶାରୀରିକ ଶ୍ରମ।

ସବୁ ଥାଇ ଶୂନ୍ୟତା ଗ୍ରାସଇ ସନ୍ତୁଷ୍ଟତା ନାହିଁ କା’ ମନରେ
ପେଶୀ ହୁନ୍ତି ଆଜିର ମାନବ ବସ୍ତୁବାଦ ଏଇ ଦୁନିଆରେ।

ବଢ଼ିଚାଲେ ଜୀବନ ଚାହିଦା ଚିନ୍ତା ସବୁ ବିପରୀତ ମୁଖୀ
ଯୁଗ ନେଇ ଜୀବନର ଧାରା ଟାଣି ହେଇଯାଏ ମନୋବୃତ୍ତି।

•••

# ବନ୍ଧୁତ୍ୱ

ବନ୍ଧୁତା ସେ ବନ୍ଧା ଶାଶ୍ୱତ ପ୍ରେମରେ
    ନାହିଁ ଆଶା ପ୍ରତିଆଶା
ନଥାଏ ଦାବୀ ଓ କଟୁଭ୍ୱର ଜାରି
    ଦେଇ ପାଇବା ଲାଳସା।

ସମ୍ପର୍କ ସୀମାରେ କେ ନୁହେଁ ଆବଦ୍ଧ
    ନାହିଁ ଭୟ ଓ ଆଶଙ୍କା।
ନାହିଁ କଟକଣା ଚାଲିଚଳନରେ
    ମାପିଚୁପି କଥାବାର୍ତ୍ତା।

ବନ୍ଧୁ ମିଳନର ସେଇ ଉଦ୍ଦୀପନା
    ରବିସମ ତାର ଆଭା
ଆନନ୍ଦାକାଶେ ଭାବ ବିହ୍ୱଳିତ
    ମୁକ୍ତ ବିହଙ୍ଗ ଅବା।

ଖେଳିଯାଏ ମୁହେଁ ହସର ଭଉଁରୀ
    ବନ୍ଧୁ ସହ ହେଲେ ଦେଖା
ଖୋଲି ହେଇଯାଏ ବନ୍ଦ ପେଟରାରୁ
    ଅସରନ୍ତି ମନ କଥା।

ଲମ୍ଭିଯାଏ ଖିଅ ଦୂର ଅତିଦୂର
    ତାଙ୍କ ଗପ ଗଣ୍ଠି ସୂତା
କ୍ଲାନ୍ତ ହୁଏ ନାହିଁ ସ୍ୱର ଓ ଶରୀର
    ପ୍ରଗଳ୍ଭ ଅଟେ ବନ୍ଧୁତା।

ବନ୍ଧୁ ପାଶେ ବନ୍ଧୁ ବାଣ୍ଟି ଦେଇଥାଏ
ତା' ଜୀବନ ସବୁ ଗାଥା
ସତେ କି ଉକ୍ତୃଷ୍ଟ ପରାମର୍ଶ ଦାତା
ଅଟଇ ତା' ବନ୍ଧୁ ଶ୍ରୋତା ।

ସମସ୍ତ ସମ୍ପର୍କ ସଂସାର ପଥରେ
ପଡ଼ିଯାଏ ଧୀରେ ଫିକା
ଅମଳିନ କିନ୍ତୁ ବନ୍ଧୁର ସମ୍ପର୍କ
ଚିର ସବୁଜରେ ଅଙ୍କା ।

ସମୟର ଦାସ ନୁହେଁ କଦାଚ
ସେଇ ଭାବ, ଆତ୍ମୀୟତା
ଚିର ଭାସ୍କର, ସବୁଜ, ନିର୍ମଳ
ପ୍ରେମ, ପ୍ରୀତିର ବନ୍ଧୁତା ।

•••

ମୋ ଜର୍ମାନୀ ଯାତ୍ରା

ଖେଳିଯାଏ ରୋମାଞ୍ଚ ଶରୀରେ
ଖୋଜିବାକୁ କଳା ସୂତା ଶାଢ଼ି
ହଜିଯାଏ ସ୍ନେହା ଏ ମନରେ
ଆକସ୍ମିକ ଯିବାକୁ ଜର୍ମାନୀ ।

ଥିଲା ଦିନେ ମୋର ଏଇ ମନେ
ବୁଲିବାକୁ ସେ ଜର୍ମାନୀ ଦେଶ
ପିଉସୀ ଝିଅ ଭଉଣୀର ଘରେ
ଆତିଥ୍ୟର ଆକାଂକ୍ଷା ଅଶେଷ ।

ଦେଖିଥିଲି ଶିଶୁ ଶୋଭନକୁ
ଓଡ଼ିଶାରେ ଦୂର ଅତୀତରେ
ଭେଟିବାକୁ ଜର୍ମାନୀ ବଢ଼ନ୍ତା
କୌତୂହଳ ଥିଲା ମୋ ମନରେ ।

କାମନା ମୋ ହୁଅଇ ପୂରଣ
କିନ୍ତୁ ଖୁବ୍ କଠୋର ରୀତିରେ
ଦେଖିବିନି ଆଉ ସେ ଆନନ୍ଦ
ଭିଜିବିନି ମାଉସୀ ଡାକରେ ।

ଭରିଯାଏ ଲୋତକ ଚକ୍ଷୁରେ
ଭାବିଦେଲେ ଭଉଣୀର ମୁହଁ
ଅନ୍ତରାତ୍ମା ବିଦାରେ ବୁକୁରେ
ଶୁଭିଯାଏ ଭିଣୋଇଙ୍କ କୋହ ।

କ୍ଷମାଶୀଳ, ସଙ୍କଟ ମୋଚକ
ନାମ ତବ ପରା ଏ ସଂସାରେ
ହେଲା କାହିଁ କୁଣ୍ଠାବୋଧ ତେବେ
କ୍ଷମିବାକୁ ସୌମ୍ୟ ତରୁଣରେ ? ?

ଅତିକ୍ରମ ଖୁବ୍ ଅଛ ପଥ
କରିଥିଲା ଜୀବନ ରାସ୍ତାରେ
କିବା ଦୋଷ କରିଥିଲା ସିଏ
ଦଣ୍ଡିଲା ଏ ଦାରୁଣ ଭାବରେ।

ଜଗତ ପିତା, ଜଗତର ମାତା
ବୋଲାଇଛ ନାମ ମିଛଟାରେ
ନିରବରେ ଦେଖୁଛ କିପରି
ସନ୍ତାନକୁ ସନ୍ତାନ ଶୋକରେ।

ଏତେ ବଡ଼ ଦାରୁଣ ଆଘାତ
ଯଦି ହେଲା ତବ ସମୀପରେ
କାହା ପାଶେ ଶରଣ ପଶିବୁ
ନିରାଶ୍ରୟ ଲାଗେ ଅନ୍ତରରେ।

ଅଟ ପରା ତୁମେ ହର୍ତ୍ତା କର୍ତ୍ତା
କି କାରଣ ଥିଲା ନିଷ୍ଠୁରେ
କହିକି ଦିଅନ୍ତ ସ୍ୱପ୍ନେ
ଆଶ୍ୱାସନା ଆଣନ୍ତା ମନରେ।

ଝିଣିନେଲ ଏ ଜନ୍ତୁ ଶୋଭନ
'ଭଲ' ଯଦି ତବ ବିଚାରରେ
ରଖିଥାଅ ସର୍ବ କୁଶଳରେ
ଯେଉଁଠାରେ ଥାଉ ସିଏ ପଛେ।

(ଲେଖିକାଙ୍କ ପିଉସୀ ଝିଅ ଭଉଣୀର ଏକମାତ୍ର ସନ୍ତାନର
ଅକାଳ ବିୟୋଗ ଉଦ୍ଦେଶ୍ୟରେ।)

ପ୍ରବାସୀ

ଅଜସ୍ର ଉକ୍କଣ୍ଠା ଢେଉ
ଉଠେ ମନେ ମୋର
ବିମାନଟି ହୁଏ ଯେବେ ପୃଥିବୀ ନିକଟ
ଦିଶିଯାଏ ଆକାଶର ଅନତି ଦୂରରୁ
ସେଇ ଏ ବିମାନଘାଟି ଅତି ପରିଚିତ।

ମେଘାଇ ଆସିଅଛି ସେ
ମୋ ପ୍ରବଳ ତୃଷା
ଛୁଇଁବାକୁ ଭିଟାମାଟି, ଆପ୍ଣାୟସ୍ୱଜନ
ବାନ୍ଧିଛି ବିମାନ ଏ ଆକାଶରେ ସେତୁବନ୍ଧ
ପ୍ରବାସୀ ଓଡ଼ିଆର ଏକଇ ମାଧମ।

ଚାଳିଶ ବର୍ଷର ତଳେ
ସ୍ୱଚ୍ଛ ଥିଲେ ଯାତ୍ରୀ
ବିମାନଘାଟିଟି ଥିଲା ସହଜ, ସୁଗମ
ବିଦାୟ ମୁଁ ନେଇଥିଲି ନବବଧୂ ବେଶେ
ହେଇଥିଲା ଅୟାରମ୍ଭ ନୂତନ ଜୀବନ।

ଆନନ୍ଦରେ ବିହ୍ୱଳିତ
ଯେବେ ଫେରେ ଦେଶ
ଦିଶିଯାନ୍ତି ଚଉପାଶେ ସେ ମୋ ପ୍ରିୟଜନ
ନିଜକୁ ହଜାଇ ଦିଏ ତାଙ୍କ ଆଲିଙ୍ଗନେ
ପ୍ରେମ ବରଷାରେ ହୁଏ ଉଚୁଟୁବୁ ପ୍ରାଣ।

କ୍ରମଶଃ ତା' ବ୍ୟତିକ୍ରମ
ଧୀରେ ଦିଶେ ନୂଆ
ଦିଶନ୍ତିନି ଆଉ ପ୍ରିୟ ଆତ୍ମୀୟସ୍ୱଜନ
ଦିଶେ ନାହିଁ ସେଇ ହାତ ଜନ ସମୁଦ୍ରେ
ଖୋଜେ ତାଙ୍କ ଆଲିଙ୍ଗନ ପିପାସୁ ନୟନ ।

କ୍ରମବୃଦ୍ଧି ବିକାଶ ଯେ
ବିମାନଘାଟିର
ଚେହେରାରେ ଆସିଅଛି ଅପୂର୍ବ ଝଲକ
ବଢ଼ି ଚାଲିଅଛି ତା ସେ ଅଙ୍ଗ ପ୍ରତ୍ୟଙ୍ଗ
ଜାଣିହେଉ ନାହିଁ ଆଉ ପୂର୍ବରୂପ ରେଖ ।

ନିଜ ଭିଟାମାଟିରେ
ସେ ଅଜଣା, ଅଚିହ୍ନା
ଆଡ଼େଇ ଯାଆନ୍ତି ସବୁ ଧରି ଅନ୍ୟ ପଥ
ଲାଗଇ ଅଲୋଡ଼ା ଆଜି ଥାଇ ନିଜ ଘରେ
ପ୍ରବାସୀ ପାଇଁ କି ସତେ ଇଏ ପ୍ରାୟଶ୍ଚିତ !

ଭାସିଅଛି ଅନେକ କିଛି
ସମୟ ସ୍ରୋତରେ
ଭାସି ଯାଇଛନ୍ତି ପ୍ରିୟ ଆତ୍ମୀୟସ୍ୱଜନ
(କିନ୍ତୁ) ଲିଭିନି ସେ ପଦଚିହ୍ନ ବିମାନ ଘାଟିରେ
ଦେଖେ ସ୍ପଷ୍ଟ ପ୍ରବାସୀର ମାନସ ନୟନ ।

...

ହଜି ହଜେନା

ଜୀବନର ଅର୍ଦ୍ଧରୁ ଅଧିକ ଗଲାଣି ଏ ପାଶ୍ଚାତ୍ୟ ଦେଶରେ
ଶକ୍ତ ଭାବେ କିନ୍ତୁ ଆକର୍ଷିତ ମାମୁଘର ମନ ଚୁମ୍ବକରେ ।

ବସି ଯେବେ ସେ ସ୍ମୃତି ନାବରେ ଦେଖେ ଆଜି ସେଇ ମୋ ଅତୀତ
ଉପଭୋଗ୍ୟ ପ୍ରତିଟି ମୁହୂର୍ତ୍ତ ମୋ ଜୀବନ ପ୍ରଥମ ପ୍ରଭାତ ।

ମାମୁଘର ଗାଁ ଶାସନୀପଡ଼ା ଚିତ୍ରୋ‍ତ୍ପଲା ନଦୀ ସୀମାଧାରେ
ଟପିଗଲେ ନଦୀ ଜଳାଧାର ଦୃଶ୍ୟ ପଡ଼େ ଆଙ୍କୁଅପାରିରେ ।

ଜଣାଶୁଣା ପାଖ କେନ୍ଦ୍ରାପଡ଼ା, ମାର୍ଶାଘାଇ, ଥାନା ପାଟକୁରା
ପାରାଦ୍ୱୀପ, କୁଜଙ୍ଗ, ଅଢ଼ଙ୍ଗା ତଳମାଳ ବୋଲି ପଡ଼େ ଡକା ।

ଗାଁ ମଝିରେ ପ୍ରତିଷ୍ଠିତ ସେଇ ଅଭୁଲା ମୋ ପ୍ରିୟ ମାମୁଘର
ସୁସଜ୍ଜିତ ମାଟି କାନ୍ଥେ ଦିଶେ ଛିଟ ଆଉ ଟିପ ଆଙ୍ଗୁଠିର ।

ସୂର୍ଯ୍ୟଙ୍କ ପହିଲି କିରଣ ପଡ଼େ ପୂର୍ବ ଠାକୁରବାଡ଼ିରେ
ଖିଲି ହସ ପାଖୁଡ଼ା ମେଲାନ୍ତି ଚମ୍ପା ଆଉ କଦମ୍ବ ଡାଳରେ ।

ଦୁଃଖେ ସୁଖେ ବିଶ୍ୱାସର ସାହା ପଶ୍ଚିମରେ ଗ୍ରାମ ଠାକୁରାଣୀ
ସବୁରିଙ୍କ ଅଭୟ ଦାତ୍ରୀ ସେ ରକ୍ଷାକର୍ତ୍ରୀ ସଙ୍କଟ ତାରିଣୀ ।

ଉତ୍ତରରେ ସେ ବଟଗୋସାଇଁ ନିତି ପଡ଼େ ନଦୀ ଯିବା ବାଟେ
ଦିଶିଯାଏ ନିଜକୁ ଝୁଲନ୍ତା ବାଲ୍ୟ କାଳେ ବର ଓହଲରେ ।

ଗୋସେଇଁଙ୍କ ଗ୍ରୀଷ୍ମ ଦହି ଚଲା ସ୍ମୃତି ଆଣେ ତୁଷାର୍ତ୍ତ ତର୍ଷିରେ
ଯାନିଯାତ୍ରା, ଝୁଲଣ, ମେଲଣ ସ୍ଥାନ ନିଏ ବଟଛତ୍ର ତଳେ ।

ଚିତ୍ରୋ‍ତ୍ପଲା ନଦୀ ଆକର୍ଷଣ ଜୀବନ୍ତ ଏ ସ୍ମୃତି ଭଣ୍ଡାରେ
ବରଗଛୁ ସିଧା ଚଲାପଥ ଛାଡ଼ିଦିଏ ନଦୀ କିନାରାରେ ।

ସ୍ମୃତି ଆସେ ଶରୀରେ ରୋମାଞ୍ଚ ସୁଲୁସୁଲୁ ସେ ଶୀତଳ ବାଆ
ସତେ ଅବା ଉଡ଼ନ୍ତା ପଣତ ସେ ସୋରିଷ କ୍ଷେତ ହଳଦିଆ ।

ଲାଖ୍ୟାଏ ଆଜି ମନ ଦୃଷ୍ଟି ନଦୀକୂଳ ମାଟିର ଗୌରାରେ
ଅତୀତର ଆଠଟି କାର୍ତ୍ତିକ ଯାଇଅଛି ଏଇ ଗାଁ ମାଟିରେ ।

ତୋଳିବାକୁ ଏଇ ସେ ଗୌରା କୁମାରୀଙ୍କ ମେଳ ପ୍ରାତଃ କାଳେ
ମନେପଡ଼େ ଗୁଣ୍ଠୁଚି ସାହାଯ୍ୟ କୁନି ହାତେ ଥରି ଥରି ଶୀତେ ।

ସଜାଏ ମୁଁ ବାହୁଙ୍ଗାର ଡଙ୍ଗା ଦୀପ ଆଉ କାଗଜର ଫୁଲେ
ଭସାଏ ମୁଁ ପୁଲ୍କିତେ କହି 'ଆ–କା–ମା–ଭେ' ନଦୀ କୂଳେ ।

ସୋଲ ଆଉ କାଗଜର ଡଙ୍ଗା ଭାସି ଭାସି ଯାଏ ନଦୀ ତୀରୁ
ସତେ ଅବା ପନିକଣ୍ଠ ମାଳା ଦିଶିଯାଏ ଅନତି ଦୂରରୁ ।

ଦିଶିଯାଏ ଗୁରୁଜର ଝୋଟି ଗଉରା ଓ ଚଉରାର ତଳେ
ମାଉସୀଙ୍କ କଳାର ଚାତୁରୀ ମନ ଗଢ଼ା ବିଭିନ୍ନ ରଙ୍ଗରେ ।

ଅବିର ଯେ ଦିଏ ନାଲି ରଙ୍ଗ, ହଳଦିଆ ରଙ୍ଗ ହଳଦୀରୁ
କଳା ରଙ୍ଗ ଗୁଣ୍ଠ ଅଙ୍ଗାରର, ଧଳା ଆସେ ଚାଉଳ ଚୂନାରୁ ।

ସବୁଜ ରଙ୍ଗର ପ୍ରସ୍ତୁତି ଅର୍ଜୁନର ଶୁଙ୍ଖଳା ପତ୍ରରୁ
ନାରଙ୍ଗୀ, ମାଟିଆ ଆସଇ ବିଭିନ୍ନ ସେ ରଙ୍ଗ ମିଶ୍ରଣରୁ ।

ଗ୍ରାମବାସୀ ଥାଆନ୍ତି ଦକ୍ଷିଣେ ସରଳତା ମନ୍ତ୍ର ଜୀବନର
ସୂର୍ଯ୍ୟଙ୍କର ଗତିପଥ ପରେ ନିର୍ଦ୍ଧାରିତ କର୍ମ ଦିବସର ।

ଶୁଭିଯାଏ କୁକୁଡ଼ାର ଡାକ ସିନ୍ଦୂରା ଯେ ଫାଟେ ଆକାଶରେ
ବାସି ଶେଯ ଛାଡ଼ନ୍ତି ସଭିଏଁ ଘର ସୁଚି ଗୋବର ପାଣିରେ ।

ସଦ୍ୟ ଲିପା ସେ ମାଟିକାନ୍ଥରୁ ସ୍ମୃତି ଆସେ ବନମାଟି ବାସ୍ନା
ମାଟି ଚୁଲି ଘଷି, କାଉଁରିଆ ମାଈଙ୍କର ଲୁହାନଳୀ ଫୁଙ୍କା ।

ମଜା ଆସେ ମାଉସୀଙ୍କ ମେଳେ ଖାଇବାକୁ ସକାଳେ ପଖାଳ
ବଡ଼ିଭଜା, ପୋଇ, ମଦରଙ୍ଗା। ତା' ସାଙ୍କୁ ଆମ୍ବୁଲର ଝୋଳ।

କେବେ ପୁଣି ଖଡ଼ା ଓ କୋଶିଲା ସୁନୁସୁନିଆ ଶାଗ ପୋଖରୀର
ସଜନା ଶାଗ, ଛୁଇଁ ଓ ଛତୁ ଅବା ଭଜା କଖାରୁ ଫୁଲର।

ଶୁଣି ସେଇ ଚାଟଶାଳୀ ଘଣ୍ଟା ଲିଭିଯାଏ ହରଷ ମନରେ
ଅବଧାନଙ୍କ ହାତର ପାଞ୍ଚଣ ଭୟ ଆସେ ଭାବିଦେଲେ ଥରେ।

କାନ୍ଧେ ଧରି ସିଲଟ ବସ୍ତାନି ଧକ୍କା ଅବା ଦେଇ ପାଦ ଚାଲେ
ଗଣିତିର ପହିଲି ସୋପାନ ହୁଏ ମାଟିଗୁଳି ଓ କାଠିରେ।

ଷଡ଼୍‌ଭୁଜ ଗୌରାଙ୍ଗ ଦର୍ଶନ ହୁଏ ଆଜି ମନର ପର୍ଦାରେ
ଭାସି ଆସେ ମଲ୍ଲୀ, ଚମ୍ପା ବାସ୍ନା ସୁସଜ୍ଜିତ ସୁଗନ୍ଧରାଜରେ।

ଧାନରତା ସୌମ୍ୟା ମୋ ମା'(ଅଣ‌ଆଇ)କୁ ଦେଖେ ମୁହିଁ ସିଂହାସନ ତଳେ
ଲମ୍ବ ଚିତା ହାତେ ପୂଜା ଘଣ୍ଟି ମଗ୍ନ ଥାଏ ସକାଳ ପୂଜାରେ।

ଦିଶିଯାଏ ସେ ଧାର ପନିକି ଦକ୍ଷ ସେ ଯେ ଆଙ୍ଗୁଳି ଆଇର
କାଟୁଥାଏ ବାରିର ପଣସ ଓଉ ଆଉ ମଞ୍ଜା କଦଳୀର।

ଶୁଭିଯାଏ କାଚ ରୁଣୁ ଝୁଣୁ ମାଇଁ ବ୍ୟସ୍ତ ଦହି ଘାଣ୍ଟିବାରେ
ଯୋଡ଼ିଥାନ୍ତି ଖୁଆରେ ଦଉଡ଼ି ଦି'ହାତ ଚାଲେ ଧୀରେ ଧୀରେ।

ମନେପଡ଼େ ପିଠାପଣା ସଜ ବାର ମାସ ତେରଟି ପର୍ବରେ
ଛୁଣ୍ଚିପତ୍ର, କରଞ୍ଜି, କାକରା, ପୋଡ଼ପିଠା, ଏଣ୍ଡୁରି ଥାଲିରେ।

ବାସିଯାଏ ଘର ଗୁଆଘିଅ ଭୋଗଥାଲି ମାଇଁଙ୍କ ହାତରେ
ଠାକୁରଙ୍କ ମଧ୍ୟାହ୍ନ ପହଡ଼ ହୁଏ ହେଲେ ଖରା ମୁଣ୍ଡ ପରେ।

ଖାଇବାକୁ ନିତି ସେ ପ୍ରସାଦ ଧାଡ଼ିଲାଗୁ ମା'ର ଥାଲିରେ
ଅପୂର୍ବ ସେ ବାସ୍ନା ପ୍ରସାଦର ପୁଣି ସ୍ୱାଦୁ ମା' ହାତ ଗୁଣ୍ଡାରେ।

ଖାଇ ସାରି ମା', ଆଇର କୋଳେ ଶୁଏ ମୁହଁ ନିତି ଖରାବେଳେ
ଶୁଭିଯାଏ ଖରା ତାତି ଅଛି ଶୋଇପଡ଼ ବିଞ୍ଚେ ବିଞ୍ଚଣାରେ।

ସତର୍କରେ କେବେ ଖସିଯାଇ ପହଞ୍ଚଇ ମୁଁ ଆମ୍ବତୋଟାରେ
ଟେକା ମାରି ଝଡ଼ାଏ ଆମ୍ବକୁ ଗାଁ ସାଙ୍ଗସାଥୀଙ୍କର ମେଳେ।

ଅତୀତ ଯେ ଦେଖାଏ ବସିଛି କରମଙ୍ଗା, ପିଜୁଳି ଡାଲରେ
ଖରାବେଳେ ଲୁଚକାଳି ଖେଳ ପାଲଗଦା, ଗୁହାଲ ଉହାଡ଼େ।

ବାରିଆଡ଼ ପିଣ୍ଡାରେ ମା'କୁ ଦିଶିଯାଏ ଛାଇ ଲେଉଟିଲେ
କୁଟା ପାନ ପାଟିରେ ପକାଇ ଜପୁଥାଏ ମାଳାଧରି ହାତେ।

ଶୁଭିଯାଏ ଢିଙ୍କିଶାଳ ଶବ୍ଦ, ତଦାରଖ ଆଇ ଢିଙ୍କି ଶାଳେ
ଫେରୁଥା'ନ୍ତି ଗାଈ ଓ ବଲଦ ମନ ତାଙ୍କ ପେଜ ତୋରାଣିରେ।

ମାଇଁଙ୍କର ସନ୍ଧ୍ୟାବତୀ ସଜ ମଉଲିଲେ ଖରା ଆକାଶରେ
ଲଣ୍ଠନ ଓ ଡିବିର ପ୍ରସ୍ତୁତି କରୁଥାଏ ମାଉସୀ ଦୁଆରେ।

ସନ୍ଧ୍ୟା ଆସି ଜମାଏ ଆସ୍ତାନ ଦିନ ଆଉ ରାତିର ମଝିରେ
ଜଳିଉଠେ ସଞ୍ଜ ସଳିତା ଚଉରା ଓ ପ୍ରତି କୋଠରିରେ।

ବାଜି ଉଠେ ଘଣ୍ଟ, ଘଣ୍ଟା, ଶଙ୍ଖ ମଗ୍ନ ସର୍ବେ ସନ୍ଧ୍ୟା ଆଲତିରେ
'ଆହେ ଦୟାମୟ ବିଶ୍ୱବିହାରୀ...' ଶୁଭିଯାଏ ସମ୍ମିଳିତ ସୁରେ।

ଭାଗବତ ପାଠ ପ୍ରତି ରାତି ପୂଜାଘର ଦୀପ ଆଲୁଅରେ
ମା', ଆଇ ଶୁଣୁଥା'ନ୍ତି ବସି ଆଖିବୁଜି ଭାବ ବିହ୍ୱଳରେ।

ସରେ ଯେବେ ଶେଷ ନିତ୍ୟ କର୍ମ ଝଞ୍ଜିରଟି ଲାଗେ କବାଟରେ
ଶୁଭିଯାଏ ନିଶାଚର ଶବ୍ଦ ଅନ୍ଧକାରେ ଗଭୀର ରାତିରେ।

ସେଦିନ ସେ ସରଳ ଜୀବନ ହଜେ ପୁଣି ହଜେନା ମନରେ
ଅନାୟକ ଚହଲାଇ ଦିଏ କେତେବେଳେ କେଉଁ ମୁହୂର୍ତରେ।

•••

ପଖାଳ

ଆମେ ଓଡ଼ିଆ
ପଖାଳ ସବୁଠୁଁ ଅତି ବଢ଼ିଆ
ଆମରି ସଂସ୍କୃତି, ଆମ ପରମ୍ପରା
ସ୍ୱାଦ ତା' ନିଆରା ସେ ପ୍ରାଣଛୁଆଁ
ଗରବ ଆମ
ସାରା ଜଗତରେ ସଭିଏଁ ଜାଣନ୍ତି
ଓଡ଼ିଆଙ୍କ ସେଇ 'ପଖାଳ' ନାମ ।

ପଖାଳ କଂସା
ଓଡ଼ିଆଙ୍କ ସେଥି ଭାରି ଲାଳସା
ଷାଠିଏ ପଉଟି ଖାଇ ସାରି ପୁଣି
ଶ୍ରୀଜଗନ୍ନାଥଙ୍କ ସେଥିରେ ଆଶା
ଜାଣୁ କିମିଆ
ସାନରୁ ବଡ଼ ତୁ ସମସ୍ତଙ୍କ ପେଟେ
ଜଳାଉ ଥାଉ ତୁ ପେଟରେ ନିଆଁ ।

ପଖାଳ ଆମ
ଗରିବର ସାହା ଜୀବନ ଧନ
ଚିହ୍ନିଥାଏ ସିଏ ଗରିବର ପେଟ
ସହଜରେ କିଣେ ଶରୀର, ମନ
ଅତି ସୁଲଭ
କଂସାଏ ପଖାଳ ଖାଇଦେଲା ପରେ
ଉପଶମ ତାଙ୍କ ପେଟର ଦୁଃଖ ।

ପ୍ରିୟ ପଖାଳ

ପରଖା ହେଉ ତୁ କେତେ ଢଙ୍ଗର

ଚାଲାକ ପଣରେ କେ ନାହିଁ ତୋ ସରି

ପେଟ ଟାଣିବାର ଜାଣୁ କୌଶଳ

କେତେ ଛଟକ

ସାଜୁ ଧଳା ପୁଣି କେବେ ତୁ ପାଣିଆ

ରଙ୍ଗ ବଦଳାଉ ହେଲେ ତୁ ଝୁଙ୍କ ।

ସଜ ପଖାଳ

ପ୍ରସ୍ତୁତ ପ୍ରଣାଳୀ କେତେ ସରଳ

ଗରମ ଭାତରେ ଲେମ୍ବୁ, ଥଣ୍ଡା ପାଣି

ଶାନ୍ତ କରିଦିଏ ଭୋକ ପେଟର

ବୋଉର ପଥ

ଥଣ୍ଡା କରିଥାଏ ପେଟ ଗୋଲମାଲ

ସଜ ପଖାଳ ସେ ସମୟ ସାଥୀ ।

ଦହି ପଖାଳ

ସବୁରିଙ୍କ ସିଏ ଅତି ଆଦର

ଦହି, ଲେମ୍ବୁ ପତ୍ର, ଅଦାର ବାସନା

ପାଟିରୁ ବୁହାଏ ସଭିଙ୍କ ଲାଳ

ଅଟୁ ସୁଲଭ

ପଖାଳ ପ୍ରେମୀଙ୍କ ତୁଟାଉ ଲାଲସା

ପାଖେ ପାଖେ ରହି ବରଷ ଯାକ ।

ଛୁଙ୍କ ପଖାଳ

ଅମୂଲ୍ୟ ସେ ସ୍ୱାଦ ଅଟେ ଛୁଙ୍କର
ଜୀରା, ଶୁଖାଲଙ୍କା, ସୋରିଷ ତେଲର
ବାସି ଯାଉଥାଏ ଘର ବାହାର
ଟିକିଏ ଦହି,
ଆମ୍ବକସି ରସ ମିଶିଯାଏ ଯହିଁ
ଟାଣି ନିଏ ପାଶ ଏ ମନ ମୋହି।

ବାସି ପଖାଳ

ଖରାଦିନ ସହ ଅପୂର୍ବ ମେଳ
ଅତି ତୁ ଆଦୃତ ସଭିଙ୍କର ପ୍ରିୟ
ଖାଇଦେଲେ ପେଟେ ଆସଇ ବଳ
ତୋରାଣି ତୋର
ଦେହ ପାଇଁ ହିତ ସତେ କି ଅମୃତ
ଆଣିଥାଏ ନିଦ, ଘୁଙ୍ଗୁଡ଼ି ମାଳ।

ପଖାଳ ସାଥି

ବାରି ପୋଖରୀରୁ ଆସଇ ନିତି
ପୁଷ୍ଟିକର, ତାଜା କେତେ କିସମର
ଅଳ୍ପ ସମୟେ ହୁଏ ପ୍ରସ୍ତୁତି
ତୁ ମନ ଝେର
ଟାଣି ନେଉ ମନ କଂସା ଚାରିପାଖ
ଖେଳିଯାଏ ଢେଉ ମୁହେଁ ହସର।

ପଖାଳ ନିଶା
ପାଟିରେ ବାଜିଲେ ବଢ଼ଇ ତୃଷ୍ଣା
ଆଧୁନିକ ପିଲା ଜାଣେନି ସେ ମଜା
ମାଂସ, ମସଲାରେ ତାଙ୍କ ଲାଲସା
ହେ ଆଜି ଯୁଗ !
ଭସାଇ ଦିଅନି ସମୟ ସ୍ରୋତରେ
ଆମରି 'ପଖାଳ', ଆମରି ଟେକ ।

●●●

ଯୁଗକୁ ଯୁଗ ଏହି ମତେ

ଆଈର ଯୁଗ

ପଚାରିଲି ଦିନେ ଆଈକୁ ମୋହର
ତା' ବାହାଘର କଥା
ଅଜାଙ୍କ ସହିତ କେମିତି ତା' ଭେଟ
କିପରି ଥିଲା ସେ ବିଧ୍ୱ ଓ ବିଧାନ
ଶୁଣିବି ସେ ଯୁଗ-ପ୍ରଥା ।

ସରମରେ ଆଈ ଓଢ଼ଣିକୁ ଟାଣି
କୁହେ ସେ ଲାଜେଇ ହେଇ
ଆଜି କାହିଁକି ତୋ ସେ କଥା ପଡ଼ିଛି
କେତେ ଦିନ ଠାରୁ ଗଲେଣି ସେ ଛାଡ଼ି
ସପନ ପରି ଲାଗଇ ।

ଲାଜ ମିଶା ହସେ କହିଗଲେ ଆଈ
ସେ ଯୁଗ ଥିଲା ଅଲଗା
ଛାନିଆରେ ମନ ମରିଯାଉଥିଲା
ପୋଡ଼ି ଯାଉଥିଲା ମୁହଁ ସରମରେ
ଶୁଣି ବାହାଘର କଥା ।

ବାପା, ଦାଦାଙ୍କର ଖୋଜା ଚାଲେ ଜ୍ୱାଇଁ
ଝିଅ ଯେବେ ଯାଏ ବଢ଼ି
ଜ୍ୱାଇଁ ଠିକ୍ ହେଲେ ନିର୍ବନ୍ଧ ପରବ
ଜାଇ ରଗଡ଼ା ଓ କୁଲା ବଡ଼ି ଦେଖି
ହଂସା ଯାଉଥିଲା ଉଡ଼ି ।

କାନ୍ଦି କାନ୍ଦି ଦିନ ଯାଉଥିଲା ସରି
ନଇଁ ଯାଉଥିଲା ମଥା
ବୋଉ, ଖୁଡ଼ିଙ୍କର କାନ୍ଦଣା ଶୁଭଇ
ଝିଅ ଚାଲିଯିବ ତା' ଶାଶୂଘରକୁ
ବେଦୀ, କାନ୍ଦେ ପଡ଼େ ଚିତା ।

ବାହାଘର ସରେ ହାତଗଣ୍ଠି ପରେ
ହାଡ଼ିବାଜା ପେଁକାଲି
ଶଙ୍ଖ, ହୁଳହୁଳି, ବାହୁନା ପରବ
ହାତରେ ଆଙ୍ଗୁଲି ନଇଁ ନଇଁ ଚାଲି
ପାଲିଙ୍କି ପଛେ ସବାରି ।

ଶାଶୂଘରେ ଲୋକେ ରହିଥାନ୍ତି ଘେରି
ଛାନିଆ ସବୁ ଲାଗଇ
ତାଙ୍କ ସହ ଆଖି ମିଳିଯାଏ ଯଦି
ଓଢ଼ଣାକୁ ଟାଣି ଲାଜେ ଯାଏ ଡୁବି
ତଳକୁ ଆଖି କରଇ ।

ବୋଉର ଯୁଗ

ପଚାରିଲି ପୁଣି ବୋଉକୁ ମୁଁ ଦିନେ
ବାହାଘର କଥା ତା'ର
ସେ ଯୁଗେ କେମିତି ଥିଲା ଦେଖାଦେଖି
ବିଧ୍, ବିଧାନ ଓ ଅନ୍ୟ ପରିପାଟି
ଶୁଣିବି ଇଚ୍ଛା ମୋହର ।

ଅଜଣାତେ ତା'ର ଝଲସି ଉଠଇ
ଗୋରା ତକତକ ମୁହଁ
ମନେହୁଏ ଅବା ଅନୁଭୂତି ସଦ୍ୟ
ସ୍ମୃତିର ଖିଅକୁ ଟାଣିଧରି ରଖି
କହିଚାଲେ ତା' ଅତୀତ ।

ବାହାଘର ଆଗୁ ଝିଅ ପୁଅ ଦେଖା
ନଥିଲା ସେଇ ବିଧାନ
ଶ୍ୱଶୁର ଦିଅର ଗଲେ ଆସି ଦେଖି
ମନକୁ ପାଇଲା ଘର ଝିଅ ଦେଖି
ସ୍ଥିର ବାହାଘର ଦିନ ।

ବିଧି ଓ ବିଧାନ ହୁଏ ନିଷ୍ଠା ସହ
ଦିଆନିଆ ସଜବାଜ
ଚାଲେ ଆୟୋଜନ କାଦେ ମୋ ଅନ୍ତର
ସବୁଦିନ ପାଇଁ ଛାଡ଼ି ନିଜଘର
ପର ହେବେ ଆପଣାର ।

ମୁଣ୍ଡରେ ମୁକୁଟ ହଳଦିଆ ଶାଢ଼ି
ଓଢ଼ଣି ହାତେ ଲମ୍ବର
ବାଜେ ସାହାନାଇ, ଶଙ୍ଖ ହୁଳହୁଳି
ଶୁଭ ଲଗ୍ନରେ ପଡ଼େ ହାତଗଣ୍ଠି
ଆୟୋଜନ ସବାରିର ।

ଶଙ୍ଖ, ହୁଳହୁଳି ହାତରେ ଆଙ୍ଗୁଲି
ଟାଣେ ପଛରୁ କେ' ଅବା
ସମସ୍ତଙ୍କୁ ଧରି ବାହୁନି ବାହୁନି
ସବାରିରେ ବସି ପାଲିଙ୍କି ପଛରେ
ବାପଘରୁ ହେଲି ବିଦା ।

ଆମ ଯୁଗ

ପୁଅ ଆସି ନିଜେ ଝିଅ ଦେଖିବାର
    ଫେରିଲା ଆମରି ଯୁଗେ
ପସନ୍ଦ ଉପରେ ବାପା, ଦାଦାଙ୍କର
ଆସ୍ଥା ତୁଟିଲା ପାଉଆ ପୁଅର
    ଝିଅ ଦେଖେ ଆସି ନିଜେ।

ମନ ମୁତାବକ ତାଲିକାଟି ଧରି
    ପହଞ୍ଚେ ଝିଅର ଘରେ
ପରିବାର ସହ ଆସେ ପୁଣି ସିଏ
ପଣ୍ୟ ଦ୍ରବ୍ୟ ପରି ଦେଖିଚାଲେ ଝିଅ
    ମନଲାଖି ହେବା ଯାଏ।

ବୋଉ ଖୋଜୁଥାନ୍ତି କାମରେ ନିପୁଣା
    ସର୍ବ ଗୁଣ ସୁଲକ୍ଷଣୀ
ବାପା ଖୋଜୁଥାନ୍ତି ବୁନିଆଦି ଘର
ଦାନ, ଯୌତୁକେ ଆଖି ଥାଏ ତାଙ୍କ
    ପୁଅ ଖୋଜେ ଅପସରୀ।

ଝିଅକୁ ସଜେଇ ସତେକି କଣ୍ଢେଇ
    ଝିଅ ଦେଖା ପର୍ବ ଚାଲେ
ଆପାଦ ମସ୍ତକ ଝିଅ ନିରୀକ୍ଷଣ
ଚାଲି ଭାବଭଙ୍ଗୀ କଥା ପ୍ରକ୍ଷାଳନ
    ଝିଅ ଅସହାୟ ମନେ।

ଆବେଗର ସହ ଚାହିଁ ରହିଥାନ୍ତି
    ପୁଅ ପଟୁ ସୁସମ୍ବାଦ
ବାପାଙ୍କ ମନରେ ଉଚ୍ଚାଟ, ଭାଲେଣି
ଠାକୁରଙ୍କ ପାଖେ ବୋଉଙ୍କର ଅଳି
    ଝିଅ ହେଉ ମନୋନୀତ।

କେତେବେଳେ ଆସେ ସୁସମ୍ବାଦ ପୁଣି
ବର ପକ୍ଷ ବିପରୀତ
ପ୍ରତିଶ୍ରୁତି ଦେଇ କଥାରୁ ହୁଡ଼ନ୍ତି
ମୋଟା ଯୌତୁକେ ଲୋଭରେ ପଡ଼ନ୍ତି
ଅଭିଶପ୍ତା ମଣେ ଝିଅ।

ପୁଅ ପରିବାର ନିଷ୍ଠି ଉପରେ
ବାହାଘର ସ୍ଥିର ହୁଏ
ଶଙ୍ଖ, ସାହାନାଇ ନୀତି ନିୟମରେ
ବନ୍ଧୁ ପରିବାର ସବୁରି ମେଳରେ
ବିବାହ ସମ୍ପୂର୍ଣ୍ଣ ହୁଏ।

କାନ୍ଦି କାନ୍ଦି ଝିଅ ଭାଗ୍ୟକୁ ଆଦରି
ବସେ ସୁସଜ୍ଜିତ ଯାନେ
ବାପା, ମାଆ ତା'ର ହେଲେ ବୋଝୁ ପାର
ମନରେ ଏତିକି ସନ୍ତୋଷ ତାହାର
ସ୍ନେହ, ତ୍ୟାଗ ତାଙ୍କ ଝୁରେ।

ଆମ ପିଲାଙ୍କ ଯୁଗ

ଆମ ଯୁଗ ଆମ ପିଲାଙ୍କ ମଧ୍ୟରେ
ବ୍ୟବଧାନ ସେ ବିସ୍ତୀର୍ଣ୍ଣ
ପସନ୍ଦ ଉପରୁ ବାପା, ମାଆଙ୍କର
ଆସ୍ଥା ତୁଟିଲା ପୁଅ, ଝିଅଙ୍କର
ନୁହଁନ୍ତି ଆଉ ଅଧୀନ।

ପିଲାଏ ଖୋଜନ୍ତି ଜୀବନର ସାଥୀ
ତାଙ୍କ ମନ ମୁତାବକ
ଚାକିରିଆ ଝିଅ ପୁଅ ଖୋଜିବୁଲେ
ଝିଅ ଆଖି ପୁଅ ମୋଟା ବେତନରେ
ବସ୍ତୁବାଦୀ ଏଇ ଯୁଗ।

ଯୋଗାଯୋଗ ପାଇଁ ଆଜିର ମାଧ୍ୟମ
ବୈବାହିକ ବିଜ୍ଞାପନ
ଦେଖନ୍ତି, ଜାଣନ୍ତି, ସମୟ ନିଅନ୍ତି
ବାହାଘର ଆଗୁ ଅବାଧେ ମିଶନ୍ତି
ଆଜିର ଏଇ ଚଳନ ।

ସୁସଜ୍ଜିତ ଯାନ ଆତସବାଜିରେ
ଚାଲେ ବର ପଟୁଆର
ସ୍ତ୍ରୀ ଓ ପୁରୁଷ ନାଚନ୍ତି ରାସ୍ତାରେ
ଚଳଚ୍ଚିତ୍ର ଗୀତ ବାଜେ ଉଚ୍ଚ ସ୍ୱରେ
ବୁଜେ ଆଖି ବୟସ୍କଙ୍କର ।

ମୁଣ୍ଡରେ ପଗଡ଼ି ପିନ୍ଧି ସେରୟାନୀ
ପଞ୍ଜାବୀ ବେଶରେ ବର
ନକଲି ଗହଣା, ମେହେନ୍ଦୀ ରଞ୍ଜିତ
ଲେହେଙ୍ଗାରେ କନ୍ୟା ମୁଖ ଅନାବୃତ
ଠିଆ ଠିଆ ଚାଲି ତା'ର ।

ମନ ଧ୍ୟାନ ଆଜି ବାହ୍ୟ ଚାକଚକ୍ୟ
ବିବାହ ସତେ ନଗଣ୍ୟ
କଟକଣା ଜାରି ପୁରୋହିତ ପରେ
ଶେଷ କରିବାକୁ ସ୍ୱଳ୍ପ ସମୟରେ
ବିବାହ ସମସ୍ତ କର୍ମ ।

ନୃତ୍ୟ, ସୁରାପାନ ଅତିଥି ଆଦୃତ
ନବ ଦମ୍ପତି ସ୍ୱାଗତେ
ହାତ ଧରାଧରି ନାଚନ୍ତି ଦମ୍ପତି
ଯୋଗ ଦେଇଥାନ୍ତି ସମସ୍ତ ଅତିଥ
ଚଳଚ୍ଚିତ୍ର ଗୀତ ତାଳେ ।

ବାପଘରୁ ବିଦା ଝିଅ ଆଙ୍ଗୁଳିରେ
କ୍ରମଶଃ ସେ ହଜିଲାଣି
ବିଦାବେଳେ ସେଇ ଭାବ ପ୍ରବଣତା
ସେଇ ଅନୁଭୂତି, ସେଇ ଆବେଗତା
ଶୂନ୍ୟ ସେ ଆଜି ହେଲାଣି।

ଖାଦ୍ୟ ତାଲିକାରେ ମିଳେ ନାହିଁ ଆଜି
ଓଡ଼ିଆ ସ୍ୱାଦ ଅସଲି
ସଦ୍ୟ ମାଛ ଝୋଳ, ଟମାଟୋର ଖଟା
ଆଳୁ ବୁଟ ଡାଲି, ଘାଣ୍ଟ ଓ କାନିକା
କରଞ୍ଜି, କାକରା, ଖିରି।

ପୂର୍ବ ସରଳତା, ଶୁଦ୍ଧତା, ଐତିହ୍ୟ
ଓଡ଼ିଆ ବିବାହେ ଲୁପ୍ତ
ସୁହାଇଲା ପରି ଆଜି ଆୟୋଜନ
ଜାକଜମକ ଓ ଆଡ଼ମ୍ବର ପରେ
ବିବାହଟି କେନ୍ଦ୍ରୀଭୂତ।

ଚିନ୍ତାଧାରା ଆଉ କାର୍ଯ୍ୟକଳାପ
ବଦଳେ ସମୟ ସାଥେ
ଗ୍ରହଣ ନକରି ନାହିଁ ଆଉ ପଥ
ପରିବର୍ତ୍ତନକୁ ସହର୍ଷେ ସ୍ୱାଗତ
ଯୁଗକୁ ଯୁଗ ଏହି ମତେ।